社会阶层理财智慧丛书

才永发　郭丽香 ◎ 编

ZHONGCHANJIECENG

LI CAI JING

中产阶层理财经

金融危机下贴心、实用的**理财智慧**

化学工业出版社

·北京·

图书在版编目（CIP）数据

中产阶层理财经/才永发，郭丽香编 .—北京：化学
工业出版社，2009.8
（社会阶层理财智慧丛书）
ISBN 978-7-122-05795-2

Ⅰ.中⋯　Ⅱ.①才⋯②郭⋯　Ⅲ.投资-通俗读物
Ⅳ.F830.59-49

中国版本图书馆 CIP 数据核字（2009）第 087460 号

责任编辑：徐　娟　　　　　　装帧设计：史利平
责任校对：宋　玮

出版发行：化学工业出版社(北京市东城区青年湖南街 13 号　邮政编码 100011)
印　　装：化学工业出版社印刷厂
720mm×1000mm　1/16　印张 9¾　字数 178 千字　2009 年 8 月北京第 1 版第 1 次印刷

购书咨询：010-64518888(传真：010-64519686)　　售后服务：010-64518899
网　　址：http://www.cip.com.cn
凡购买本书，如有缺损质量问题，本社销售中心负责调换。

定　　价：28.00 元

前 言

自2008年9月以来，全球经济遭受了20世纪大萧条以来最为严峻的挑战。由美国次贷危机引发的金融危机正在全球发展蔓延。这场百年一遇的危机发展变化及其可能产生的影响，正引起全球关注和忧虑。

今天，如果我们站在月球上看地球，会看到一张严重失衡的资产负债表：资产急剧贬值，负债逐渐提高。暴发于美国的次贷危机演变成席卷全球的金融危机以来，全球证券化的财富贬值了50万亿美元，其中股市蒸发了32万亿美元，包括原材料、石油等大宗商品在内的资源储备贬值了50%～80%，企业和家庭财富的贬值有许多无法量化，至少贬值20%～30%。

金融危机爆发后，各国政府采取了一系列的救市措施，但由于其显现效应具有延后性，危机所带来影响的广度、深度与时间，仍然难以预测。俗话说富贵险中求，你拥有的财富越多实际上并不是你的家庭更安全。财富越多的人，风险越大，在金融海啸中感到的震荡就越大。而中产阶层，这个算是比较富有的阶层该如何在这场危机中安然度过呢？

一般来说，一个传统的中产家庭有三个标志：汽车、房子、信用卡。现在不同了，从经济行为的角度看，中产阶层的共性特征是"有一个职业、有一些投资、有一种爱好"。所以，中产家庭的收入结构通常是双轨的，一部分是职业收入，一部分是投资所得。

然而，遭遇了百年不遇的经济危机后，中产阶层该如何理财呢？在投资界，一直有一种说法——钱有"聪明的钱"和"傻钱"之分。"聪明的钱"能发现投资机会，攫取战略收益；而"傻钱"只能是跟风行动，反应迟滞，最终陷入投资泥潭。像巴菲特那样的价值投资者和以风险投资为代表的产业投资者是"聪明的钱"的代表，他们有自己的投资标准，可以更加深入地了解上市公司的运营和宏观经济的走势。即使是金融危机爆发，"聪明的钱"也正在寻找着价值投资的机遇。

因此，在金融市场中，最重要的投资方式就是要学会理财。即使你曾经是一个数学成绩常年不及格，或者你对于数字非常不敏感，甚至看见财务报表就头晕的人，但如果你准备从今天开始理财，那么就能实现你的梦想。这个理财行为不是说投资很多钱，只要你一天存 1 元钱，假定年收益率是 10%，一个零岁的孩子，一天给他存 1 元钱，就永远放在那里，或者是购买一些比较好的基金产品，如果能达到每年 10% 的收益率，到这个孩子 60 岁以后，这笔钱将可以变成 200 万元。

这就是理财的魅力！

当然，金融资本市场虽然能带来丰厚的收益，但风险也无处不在。对正在逐步崛起的中国中产家庭来说，最重要的是在经济危机下，选择恰当的理财方式，合理地规避风险。另外，在危机中要看到家庭理财的本质，家庭理财一定以"家"为本，以"财"为辅，千万不要去赌，不要玩一把就把家产赔光了。

我们相信，不论大的经济环境如何变换，在中国政府实施的多方面经济刺激计划下，一定会得到好转。正如国务院总理温家宝在 2009 年博鳌亚洲论坛上发表演讲时所说的："我曾经说过，信心比黄金和货币更重要。今天，我还要讲一句话，希望像一盏永不熄灭的明灯，给各国、各企业和世界人民照亮方向。让我们坚定信心，满怀希望，携手合作，共同开创亚洲更加美好的未来！"

因此，中产阶层只要抓住危机带来的机遇——资产价格难得的便宜，做好布局，就能迎接下一轮财富的盛宴。

最后，感谢李茹、赵建伟、聂丹丹、太鹏鑫、陈艳丽、冯丽萍、李红、陈芸、于跃、孙凯等人的支持和帮助。

才永发

2009. 4. 26

目 录

第3章

48

储蓄，人生幸福最基本的保证

第4章

68

投资量力而行，在安全基础上保值增值

第**1**章
掌握稳固"中产"的理财

　　理财可以改变人的一生，无论是穷人和富人都应该学会理财。很多世界级的大富豪，他们曾经一穷二白，通过精明的理财手段，一跃成为世界瞩目的经济巨头。"家有千金之玉不知治，犹之贫也"，收入不薄的中产阶层家庭收支庞大繁杂，更离不开理财之道。但是，理财首先要心态端正，不要妄想一夜暴富，也不要患得患失，看好你的那块"奶酪"，精打细算，运用科学现代的方法，让钱为你工作。这才是真正的理财策略。

 理财先理心，心态要端正

　　所谓"理财"，简单说就是打理自己的钱财。在国外，很多年轻人很早就有理财的意识了。美国联邦储备委员会主席本·伯南克在威尔逊一所中学发表演讲时说："虽然财务问题目前可能并不是你们考虑的当务之急，但这一天总会到来。到那时，你们需要为管理你或你家庭的财务状况承担责任；或者你需要考虑如何储蓄以得到你想要的东西：大学教育、一辆新车或自己的房子。"

　　正是基于这样的学校教育，所以美国人从小就有很强的理财观念。据说美国普通百姓的收入中，有一半是来自薪水，而另一半则来自理财的收益。

　　近几年来，理财也成为我国电视、网络、报刊、杂志等各种媒体的一个常见词汇，随之而来的个人理财、家庭理财也逐渐风行全国。

　　那么，理财究竟是怎么一回事呢？

　　理财在很大程度上，和整理房间有异曲同工之处，一间大屋子，自然需要收拾整理。如果屋子的空间狭小，则更需要收拾整齐了，才能有足够的空间容纳物件。我们的人均空间越是少，房间就越需要整理和安排，否则会凌乱不

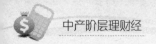

堪。同样，我们也可以把这个观念运用到理财的层面上，当我们可支配的钱财越少时，就越需要我们把有限的钱财运用好。而要运用和打理好有限的金钱就需要一种合理的理财方式。

在我们的日常生活中，总有许多工薪阶层或中低收入者抱有这种观念，认为"只有有钱人才有资格谈投资理财"。因为一般工薪阶层，特别是刚刚走上工作岗位的年轻人都会心存这样一种想法：自己每月固定的那点工资收入，应付日常生活开销就差不多了，哪来的余财可理呢？而事实上，只要你有收入，有现金流，钱再少，只要好好规划，一样可以理财，关键就看你有多强的理财意识。

其实，理财面前人人平等。今天，拥有100万元的富人如果选择把钱全部存银行吃利息，那他的钱很可能因为通货膨胀而在不断贬值。而一个只凭1万元进入股市的年轻人如果操作得法，倒有可能过不了几年就已经拥有了一套市价100万元的房产。

所以，永远不要认为自己无财可理，只要你有经济收入就应该尝试理财，必然会得到丰厚的回报。理财的关键不在于你能赚多少，而是你能在多大程度上照看好你的钱，不让它们不知不觉地从指缝中漏出去。"积少成多，聚沙成丘"。如果我们能够意识到理财是一个聚少成多、循序渐进的过程，那么"没有钱"或"钱太少"不但不会是我们理财的障碍，反而会是我们理财的一个动机，激励我们向更富足、更有钱的路上迈进。

我们每个人的财富就是一座水库，个人的收入就像一条河，只有经过努力才会有水源源不断地流入水库。理财，就是管理好你自己的水库。年轻时就要着手修堤筑坝，进行合理规划，才能保证你在恋爱、结婚、抚育孩子，一直到退休养老的人生旅程中，自己的财富水库中始终碧波荡漾，大旱无忧。穷人要理财，收入高的人更需要理财，因为你的收入越高，如果不科学理财，甚至是懒得理财，那么所造成的损失也会越大。

如今，人人都面临着机遇和挑战，一方面是国家经济飞速发展，人民收入增加；另一方面是物价指数连续走高，银行存款一度负利率，房贷压得人喘不过气，害怕进医院为高额的医疗费买单，孩子未来的教育让人忧心忡忡……

当今形势下，人们对于自己的财富与其说是期待增值，不如说是害怕贬值。"不进则退"的担忧，将更多的人卷入了理财潮流之中，被潮流推着往前走。很多人因为不懂得理财，始终于贫困为伍；有些人轻视理财，得到的财富是昙花一现；有些人缺乏理财技巧，财富越理越缩水；还有些人心态不端正，以为理财就是一夜暴富。

世界著名心理学家容格曾说过：性格决定命运，气度影响格局。意思是说一个人的性格好坏直接影响他的为人和处世，所以就影响命运。理财也是同样的，说到底，理财的心态已经决定了理财的最终结果。

2008年以来，伴随着股票市场巨幅下挫，股票型基金全线亏损，很多投资者按捺不住赎回冲动进行赎回。但是，在利好政策下股市的表现出现突变，股指开始有了较大反弹，这些投资者没有因为赎回了基金落得个轻松，反而更加痛不欲生，而且还影响了现在的投资决策。这种现象反映了投资者一种普遍心态，就是缺乏理性的态度和正确的投资理财心态，这也决定了投资理财的最后结果。

投资理财就如一项长跑，投资者应在坚定理财信念的前提下，做好自己的理财规划，然后通过自己的努力满足实现自己规划目标中所需的条件，保持理性的收益预期，通过合理的投资组合，实现一生的理智投资，健康理财。

理财过程中，不要随便给自己定标准，一旦期望太高，落差也会越大。给理财一个合理定位，既不要满足现状，也不要苛求自己，脚踏实地，一步一步不断抬升财富。同时，理财投资者还要多学习理财知识，多付出辛苦，将理财和投资的理念贯穿生活始终。时间一长，你就会发现，精耕细作理财，也能有一番天地。但是，无论什么方面的投资，要尊重科学和规律，不能盲目自信，更不能盲目相信别人的承诺。投资好了不要得意忘形，不得志也不要郁闷。当然，投资者也要坚持快乐理财的原则，每个人都有自己的生活方式，一个靠一万元投资理财的人，理财所带给他的富足和快乐，不见得会少于十万、百万的人士。

总而言之，在这个全民创富的年代，即便是经济低潮中，从来不缺少赚钱的机会，只看你有没有发现机会的眼睛和把握机会的手段。俗话说炒股炒的是心态，理财也是一样。有了心态、纪律和知识储备，理财就成了习惯，不经意间，你就会发现你就是理财高手。

 理财小贴士：理财要先理心

理财之前要先理心。理财是一种生活方式的选择，许多人却简单地把理财当成投机，渴望通过理财一夜暴富。从某种意义上说，决定一个人理财成功与否重要的不是理财的技术和手段，而是理财的心态。

要做好理财需要耐心和恒心。理财是一个类似"马拉松"的漫长过程，考验的是你持久力，而不是一时的爆发力，只要你有足够的恒心和耐力，百万富翁离你就不远了。

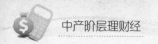

 想要赚钱，就要让钱转

> 从前，有个爱钱的人，他把自己所有的财产变卖之后，换成一块大金子，埋在墙根下。每天晚上，他都要把金子挖出来，爱抚一番。
>
> 后来，有个邻居发现了他的秘密，偷偷把金子挖走了。当那个人晚上再掘开地皮的时候，金子已经不见了，他伤心地哭起来。
>
> 有人见他如此悲伤，问清原因以后劝道："你有什么可伤心的呢？把金子埋起来，它就成了无用的废物，你找一块石头放在那里，就把他当成金块，不也一样的吗？"

看完这个故事，相信大家都会想笑。是呀，把金子埋起来，它就成了无用的废物，价值和石头差不多。相反，如果那个人能够把黄金作为资本，合理加以利用，一定会赚取更多的钱。

在商业社会，人人都想富；而人生无常，却并不是人人都可以富有。于是便产生了如何处理金钱的方法论问题，这就是理财之道。

理财的涵盖面很广，从储蓄到消费，从经营到管理，从融资到投资，都可以纳入到理财的范畴。要想找到理财之道的门径，改善自有的财富环境，首先要改变对金钱的看法，然后才能掌握处理自己金钱的方法。在生活当中，很多人会比较自己在财富上和别人之间的差异，觉得谁谁谁比自己有钱或没有钱，但如果站在理财的角度看，应该有另外的视野。

静态地看待金钱，虽然也是一个评估财富的视角，但是，如果仅仅把金钱看作目的物，你考虑的往往只有一个角度，那就是储存，人们把钱放在床底鞋底的例子屡见不鲜。事实上，人在生活中是可以把较稳定收入的金钱，分为三大单元来处理的：一是基本开销；二是必要的准备金；三是积累。基本开销维持生活质量，相当于做生意过程中的必要成本；必要准备金是防止不时之需，如患病，相当于坏账准备金；至于积累，可以看作是闲置资金。分解之后，我们对自己的消费和储蓄就有了一个基本的概念，与此同时，我们就已经把粗线条的金钱概念，转变为资金的概念。而有了资金的概念，我们就可以让资金流动起来，从而变成资本。

有句俗话说"人两脚，钱四脚"，其意思是说：钱有四只脚，钱追钱，比人追钱快多了。一生能积累多少钱，不是取决于你赚了多少钱，而是取决于你如何理财。

有这么一个故事：

> 有一次，洛克菲勒的公司请到一对兄弟盖仓库，哥哥叫约翰，弟弟叫哈佛。兄弟俩盖好仓库后去领工资。
>
> 洛克菲勒对他们说："你们要学会让钱为你们工作。如果你们手中有了钱，一定很快就会花光，不如把它换成公司的股票，作为你们的投资如何？"
>
> 约翰想了想，认为洛克菲勒说得很有道理，当场便答应了，并要求将赚得的钱再投资。但是哈佛不同意，坚持要领现款。
>
> 结果没多久哈佛就把钱花光了，依然需要做工人赚钱；而约翰因为公司的股票上涨，赚了不少钱，赚到的钱又作为本金买入公司股票。结果复利的效用得以发挥，洛克菲勒的公司在源源不断地赚钱，约翰的财富在源源不断地增长。

可见，只有善于让金钱为自己工作的人，让钱转起来，才能致富。

世界上的钱有许多种，有勤快的钱，有懒惰的钱；有放着不动的傻钱，有能够飞快增值的聪明钱；有罪恶的钱，有干净的钱；有好心的钱，有残忍的钱。勤快的钱会为你创造财富，懒惰的钱只会让你损失老本；放着不动的傻钱毫无用处，而聪明的钱才最受人们的欢迎。

理财的本质就是：拥有勤快的钱，积累聪明的钱，远离罪恶的钱，善用干净的钱。

处在这个高速发展的经济时代，人人都在忙于奔波。同时，也有很多人在为资产保值、增值进行投资，如炒房、炒股、买基金等。选择投资的人固然是聪明的。因为他们相信：钱不能放在银行里，这样只会越来越贬值。面临通货膨胀的压力就是最好的例子。

聪明的温州人是一个有趣的群体，他们总走在富裕队伍的前列，因为他们善于让钱为自己工作。炒汇就是一个典型的例子。

五六十岁的大妈大伯，很多没有多少文化，有些甚至连字也认不了几个，却能盯住报价屏、拿出计算器啪啪地算；单笔最大交易成百上千万美元，最小五十美元；可以抛开家务不顾，一家人全部出动，把宝押在那些随时跳动的数字上……

很多人根本未曾想到的操作方式，温州人就敢尝试，并做得甚欢。温州人也并非百战不殆，在形形色色的数据前，也有翻跟头的时候，但他们仍然执着，因为"炒汇和做生意一样，肯定有赚有赔"。至于为什么迷恋炒汇，温州人的理解是"让钱动起来总比放着不动好"、"买来买去都是钞票，实实在在的，亏也亏不到哪里去"……正是这些朴素的经济理论，衍生了温州汇市的繁

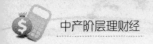
荣今天。

当然，投资不是一时热情，而是一种生活习惯。不论投资金额多小，只要做到每月固定投资，就足以使你超越大多数人。关于这点，《穷爸爸，富爸爸》的作者非常认可，他说："我认为'人赚钱'相当辛苦，靠劳动赚取薪资者，不劳动就没有收入，这样的生活真的太累了！

因此，现在就开始理财吧！拿出你的积蓄，让钱为你工作吧！

 理财小贴士：投资家成功致富的秘诀

细数我们耳熟能详的亿万富翁，无一不是精明的投资家，如股神巴菲特、金融大师索罗斯等。投资家成功致富的秘诀只有一条：用钱生钱！

巴菲特在他的书里说他 6 岁开始储蓄，每月 30 元。到 13 岁时，他有了 3000 元，他买了一只股票。年年坚持储蓄，年年坚持投资，十年如一日。他的资产累积一切都归功于他的理财方法。

那么，我们该如何用投资的方式使自己成为富有的人呢？其实很简单，只要你始终如一地坚持以下三个原则，相信若干年后你也是百万富翁中的一员。

这三个造就百万富翁的原则就是：一、先储蓄，后消费，每月储蓄 30％工资；二、坚持每年投资，投资年回报 10％以上；三、年年坚持，坚持十年以上。

 ## 理财也要科学化、现代化

西方有句谚语说：人的一生有两大悲哀，一是活得太久，二是去得太早。如果从经济角度来理解这句话：活得太久，那么在年轻时靠工作积累的财富有耗尽的可能，越是长寿，越会担心生活的财务安排；去得太早，则可能让家人承担过多的生活负担，降低家人的生活质量。鉴于此，理财的需求应运而生。

理财不是某一时段的特定行为，不是"市场好时就理财、市场不好便不再理财"。理财是一种生活方式，一种生活习惯，贯穿于人生的各个阶段，与结婚、买房、子女教育、养老等生活目标紧密相连。

股市经过一年多的狂涨和一年内的狂跌，大起大落让更多人深刻领会到金融以及理财与自己生活的息息相关。而这一次的金融危机，从另一方面来说，也是一个很好的契机，让大家意识到科学理财的重要性，并学会用一生来理财。

不过，在进行科学理财前，先要做好家庭理财规划。一个完整的家庭理财规划应该就像金字塔一样结实、牢固。大致可分为四大部分。最底层就是应急资金，大概是3～6个月的生活费。第二层是家庭保障，包括社会保险以及商业保险。第三层就是家庭债务，包括房贷、车贷、信用卡等。如果这三层都打坚固了，剩余资金就可以进行理财投资了，像股票、基金、债券、收藏、保险等，这样就算投资全赔了，由于前面的三个环节做得很完美，也不会影响到现有的生活质量。

理财从专业角度讲，分为混沌式理财和科学理财。混沌式理财是多数人在生活过程中常见的一种理财方式，具体表现为无意识地被动接受市场选择，整个财务安排中没有明确的规划和理性的安排。

而科学理财则是一种从专业角度提出的建立在理性思维基础上，能根据市场变化主动调整财务安排的理财方式。研究表明，科学理财的效率和效益高于多数人的混沌式理财。

然而，并非所有人都能够做到科学理财。具体来说，科学化理财、现代化理财必须做到以下四个方面。

第一，手里要有一定的金融资产

讲到理财，肯定是要和钱打交道，运用科学的手法，利用比如现金、银行储蓄、外汇、股票、期货资产及国债等社会能流通的各种有价票据进行自主投资理财。这是科学理财的先决条件。

按马斯洛需求层次理论，人的需求分为五类：生理需求、安全需求、社交需求、尊重需求和自我实现需求。只有当生理需求、安全需求等最低层次的需求得到满足之后，人才会考虑更高层次的尊重和自我实现需求。

因此，手里掌握着一定金融资产的人，才有能力在满足日常生活所需之外进行明确的财务安排和投资规划，耐心地关注市场变化，并根据市场变化及时调整投资组合，实现理性理财之目标。

第二，要有先进的理财意识

先进的理财意识是科学理财的主观条件。先进的理财意识不仅有助于个人投资理财目标的顺利实现，也有助于金融市场健康发展。

当今社会，没有财富的人在寻找财富，有了财富的人想守住财富。不过，在这个市场经济社会里，只有"寻找"和"守住"财富是不行的，先进

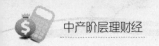

的理财意识能帮助你主动出击，准确判断市场上各种讯号，走在理财道路的前列。

因此，具有主动出击意识、独立判断意识、客观评价意识的理性投资者往往能招招命中，让自己手里捧个金饭碗。

第三，要掌握一定的理财技巧

要说理财，不能嘴上说说而已，而要落到实处。一定的理财技巧是科学理财的实现手段。

理财投资没有门槛，钱少有钱少的投法，钱多有钱多的投法。在国外，金融品种繁多，既有长线的，又有短线的，投资理财最基本也是最稳健的方法就是从定期小额投资开始。

不过，每个理财产品都有各自的小门道，只有摸清了门道，才能知道该理财产品是否适合你，才知道怎么用小钱博大钱。但你始终要记住的是理财目标期限是终身，要把理财作为一项长期的家庭规划。无论是选择活期，还是一年期、三年期，甚至长达几十年期限的理财产品，都要从实际需求出发。

第四，寻找专业的理财顾问的帮助

生活中不少人是现代经济社会的理财盲，他们谈到钱时羞于启齿，特别是对聘外人理财存有戒心。他们还未真正认识到理财顾问业是社会专业分工的必然结果。因此，要善于借助专业理财顾问的帮助，这是一种双赢策略。

不过，一个值得你把钱托付给他的理财经理，一定非常了解你的理财需求和风险偏好，他一定知道资产配置远比掌握市场与选择市场重要。但如果你的理财顾问总是不断尝试要把金融产品销售给你，你最好离他远一点。

总之，理财是一门学问，也是一辈子的事业。掌握以上四个方面能有效帮你管理好财务状况，真正做到科学理财，现代理财。

 理财小贴士：借力使力，让聪明人帮你理财

生活在 21 世纪，你可以没有很多钱，但一定要学会理财。从媒体上学习理财知识，真的一点都不难。不管你之前是否接触过，不管你原本对它的认知度有多少，并非要你摸透复杂的经济学理论，而是希望你最起码能够辨别信息可信度的高低。

因此，在你一味拿"没时间"、"看不懂"搪塞之前，给自己一个机会，哪怕每天花 20 分钟阅读财经新闻的重点标题，也可以慢慢从理财白痴变成理财精明人。当你具备了基本的判断能力后，下一步你才有资格利用所谓的"懒人投资法"，委托金融机构的理财经理或者投资顾问，打理好你的资产，让它稳健成长。

 ## 理财，风险防范是首位

> 　　一个农妇是村里有名的养鸡专业户，她喂养的鸡个个肉质肥嫩，自家母鸡还能多下蛋。听说附近的集市上鸡蛋的价格卖得很高，农妇决定拿出自家的鸡蛋去集市上卖。
>
> 　　农妇找到一个很大的筐子，把所有鸡蛋都统统装到这个筐子里。刚要出门时，农妇的丈夫见此情景，连忙提醒妻子："不要把所有的鸡蛋都放在一个篮子里，这样太危险了！你最好换小一点的篮子多装几只。"
>
> 　　农妇不以为然地说："这一篮子鸡蛋能有多重，去年我还背着它走过更远的路呢！你放心吧！没问题！"
>
> 　　哪知，当农妇把装满鸡蛋的筐猛一拎起来时，突然篮筐的底部豁开了，所有的鸡蛋全部都掉在地上摔碎了，无一幸免。
>
> 　　农妇追悔莫及，坐在地上痛哭。农妇的丈夫走过去看着摔坏的篮筐，回头安慰农妇说："这个篮子好久不用了，多处藤条已经快断了，哪里承受得住那么多鸡蛋的重压？以后注意一点就行了，既要好好检查一下篮子是否结实，也要避免把所有鸡蛋放在同一篮子里。安全永远是最重要的！"

　　投资理财是一项充满风险的经济活动，只有重视和做好风险防范，才能收到理想的投资收益和达到理财的预期目的。要不然，就会像农妇一样，把一筐的鸡蛋全部摔坏。理财并不是暴富的途径，任何投资都是机会与风险并存的，我们不能只看收益不看风险。做好理财投资，首先要把风险防范放到首位。

　　那么，理财投资者该如何防范风险呢？

第一，知己知彼，百战百胜

　　由于任何人承受风险都有一定的限度，超过了限度，风险就会变成负担或压力，可能会对其情绪或心理造成伤害，甚至影响到各个生活层面，包括健

康、工作、家庭生活、交友和休闲等等。而目前我国大多数居民（特别是工薪阶层）收入水平不高，抗风险的能力十分有限，一旦风险变为现实，往往会造成难以承受的损失，甚至会带来沉重的精神打击。

投资者进行投资前，首先要透彻地了解自己。要清楚自己的财务资源有哪些；自己的知识结构适宜于做哪些方面的投资；正确评价自己的性格特征和风险偏好，在此基础上再来决定自己的投资取向及理财方式。

另外，投资者还要对投资对象的风险状况和宏观经济环境对投资理财的影响有所了解。以金融投资风险为例，投资风险首先是与股票、债券及衍生产品等不同的产品类型相联系的。要学会从众多的投资品种中选择适合自己投资的品种，重要的是要在资本收益率和风险程度之间达至某种程度的平衡。

第二，进行组合投资，学会分散风险

经济学上，常常会用"不要把所有鸡蛋放入同一个篮子里"来提倡理性投资，切忌"毕其功于一役"的赌徒做法。毕竟多数散户是在拿自家的血汗钱玩"金钱游戏"。

通常，投资者是要在非常理性的状态下对资产进行合理配置。这种资产配置应该是战略性的，一旦确定就不要随意变动。在投资理财中，分散投资风险就是防止孤注一掷。一个慎重的、善于理财的家庭，会把全部财力分散于储蓄存款、信用可靠的债券、股票及其他投资工具之间。这样，即使一些投资受了损失，也不至于满盘皆输。

如果把投资理财比喻为打仗，你可以依据自己的实际情况将资金分成"守、防、攻、战"四种形式的投资，让资金在不同层面上发挥不同的作用。用作"守"的资金，应主要用于银行储蓄、置业、买保险等方面；起"防御"作用的资金，则应用于购买国债、企业债券、投资基金、信托产品等；"进攻"性资金用于股票、外汇买卖等；用作"激战"的资金可拿去炒楼花、期货。对于一般家庭来说，可以将25％的资金用于储蓄，30％的资金购买债券、基金，30％的资金购买股票，15％的资金购买保险，大可不必参与风险很大的激战型投资。

第三，根据市场变化，适时调整资产结构

影响投资理财活动的因素是千变万化的。在确定理财目标之后，在合理配置资金运用的基础上，还必须根据各种因素的变化，适时地调整资产结构，才能达到提高收益、降低风险的目的。比如说，你虽然确定了一个分别投资股票和投资债券的资金比例，但不应该死守这个比例，而是要根据各种因素的变化，较为灵活地掌握这个比例。

经验证明，股市与债市之间存在着一种类似于"跷跷板"的互动效应。当股市上涨时，债市价格下跌。当股市低迷，人气面临崩溃时，你可以卖出债券，而这时恰好是债券上升的时候，可以卖一个好价格。同时又可以买入一些价格处于底价的股票，当持有一段时间抛出后定可获利。

最后，投资者要恪守三个基本的投资原则：安全第一，流动第二，获利第三。任何投资都应该先控制风险，再追求报酬。只有了解并呵护好自己手中的鸡蛋，才能更好地控制出手时机，把控风险。

 理财小贴士：投资者必须要掌握的五个宏观经济指标

宏观经济环境对投资理财也有着重要的影响。衡量宏观经济的指标非常多，只要把握住五个重点方面，就基本上可以做到"任凭风浪起，稳坐钓鱼台"了。这五个方面分别是：利率水平、通货膨胀水平、经济景气度、社会稳定度及税务政策。在确定自己的投资策略时，应当对上述五个方面的因素做出综合判断。

 ## 看护好你的那块"奶酪"

变化总是在发生，

他们总是不断地拿走你的奶酪。

预见变化，

随时做好奶酪被拿走的准备；

追踪变化，

经常闻一闻你的奶酪，

以便知道它们什么时候开始变质。

尽快适应变化，

越早放弃旧的奶酪，

你就会越早享用到新的奶酪。

作好迅速变化的准备，

不断地去享受变化。

记住：他们仍会不断地拿走你的奶酪。

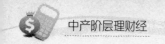

　　据说，这是属于全世界中产阶层的"国际歌"。从这首歌里，我们可以看出，中产阶层过得并不是我们想象得那样轻松、那样潇洒。

　　请不要以为这是中产者们在无病呻吟，故作姿态，其实这正是他们紧张心理的真实写照。许多中产阶层的地位并不稳固，尤其是下层中产，他们一旦失去工作，没有了收入来源，原本舒适的生活顿时就会成为泡影，他们很快就会沦为贫民阶层，成为"新贫"一族。这种结局，比一直就待在贫民堆里更为可怕，更加让人难以接受。

　　这种不幸的状况，在国外是很普遍的事情。许多人把美国中产阶层的生活等同于阳光与海滩，等同于别墅与华车，等同于咖啡与名酒。曾经有一个国内的中产阶层到美国旅行，回来后以又酸又甜的笔触描摹美国中产阶层的生活："住在郊区，有一幢（分期付款）两间至四间卧室的房子，两三个孩子，一只狗，两部汽车（一部日本的、一部美国的，分期付款）。门前是修剪整齐的草坪。丈夫每天辛勤工作，妻子在家带孩子做家务，拿薪水后马上开出15张以上的支票付账（房子、车、水费、电费、煤气费、电话费、有线电视费、分期付款的大件商品、5件信用卡的账单、孩子牙医的账单、医疗和人寿保险，或许还有看心理分析医生的账单等等）。平时看电视脱口秀，周末借两盘录像带，边看边喝可口可乐、吃爆米花，每年圣诞节扎圣诞树，妻子和丈夫都在发胖。"

　　但事实上，这只是我们看到的表面现象。一位年纪比较大的美国中产者给我们描摹的却是另一幅图景：多数美国中产者一月又一月用大量时间盘算那些消耗掉大部分收入的开销：联邦税、州税、地方税，付分期付款买车的月付款，医疗、家庭财产及汽车的保险费、汽油费，包括暖气、空调、水电等项的杂费，食品支出（该项通常占收入的15％），始料未及的汽车维修与家用设备维修费等。

　　因此，别看那些中产者们经常躺在海滩上晒太阳，经常驾车到乡村兜风，实际上他们在经济上也是紧巴巴的，绝对不能放手乱花。一些中产家庭必须靠夫妻双方的收入才能支撑，而一旦其中的一个人出现经济波动，整个家庭的财务就岌岌可危。这种危机不只是需要降低生活档次，甚至还有可能让这个家庭破产——虽然这是中产家庭。

　　作为中国的中产阶层，虽然不用每天像夹心饼干一样挤在公交车里，也不用居住在几个不同家庭的合租房里，可以偶尔听听音乐会，心情好的开着车在路上兜一个来回，周末时可以和全家一起去郊外旅游……但这一切都不能成为你炫耀的资本，特别是在经济环境不好的情况下。如果你仅守着银行那十几万的存款，每天安然无事地上下班，总有一天，当疾病来临时，当你的孩子要上大学时，当你老了时，当你面临不幸时，你会发现原本舒适的生活已经不在了，原本应该大方拿出的钱越来越少了，你会由衷地问道："是谁动了我的奶酪？"

源于此，不由得想起了一个故事：

三个不同国籍的年轻人，因为一宗盗窃案被宣判入狱三年。

监狱长答应在三个人入狱之前，满足他们各自的一个要求。美国人爱抽雪茄，要了五大箱子雪茄；法国人最浪漫，要求未婚妻到监狱里和他作伴；而出生在德国的犹太人说，他只需要一部随时能与外界保持联系的私人电话。

三年时间很快过去了，三个人在同一天刑满释放。第一个从监狱里走出来的是异常抓狂的美国人，他嘴里叼着雪茄，心急火燎地冲着狱卒喊道："当初为什么不给我火柴？"

紧接着出来的是法国人。只见法国人幸福地领着一家人，他左手抱着一个小男孩，右手牵着美丽的、有身孕的妻子，妻子手里则牵着一个小女孩。

最后走出来的是犹太人。他手里拿着移动电话，从容地走到向外面迎接他的豪华轿车。临行前，他紧紧握着监狱长的手说："这三年来，我每天始终都与外界联系，我的投资生意不但没有中断，反而有了200%的回报！不管怎样，你使我有机会走上正轨，为了表示感谢，我把停在那边的劳斯莱斯送给你！"

这虽然只是一个故事，但说明的一个道理：今天的选择，不仅可以决定你几年后的生活轨迹，也许还能决定你这辈子的前途和事业走向。虽然你是中产阶层中的一员，但这并不等于你从现在起就可以享受了，至少你还要赚足你可以享受的资本。

放眼望去，我们周围有一些忧心忡忡的中产阶层，有时候他们甚至比社会贫民阶层更显得手足无措。"菩提本无树，时镜亦非台。本来无一物，何处惹尘埃。"这是一些社会贫民阶层能够保持相对稳定心态的原因；而患得患失的心态，却使一些中产阶层，尤其是下层中产阶层生活在焦急彷徨之中。

因此，如果你不愿意自己像书中那只叫做"唧唧"的小老鼠一样，成天把鞋子挂在自己的脖子上，那就赶紧盘点你的资产，分块打包好，把它们分在适合理财产品里，以便在眼前的奶酪被别人拿走的时候，能够以最快的速度冲到前面积累更多的奶酪。

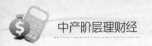

 理财小贴士：通货膨胀下该如何理财

目前，储蓄仍是大部分人传统的理财方式。但是，钱存在银行，短期看是最安全的，而从长期来看却是最危险的理财方式。因为货币价值有一个"隐形杀手"，那就是通货膨胀。那么，通货膨胀下如何理财才能让钱不缩水呢？

理财专家建议大家尽量多持有资产，比持有现金更为合算。这里的资产，不一定是实物资产。土地、房产、私人股权、股票、艺术品以及外币，都是资产。

不过，并非所有资产都会有超过通货膨胀的升值幅度。有些资产的涨价幅度有可能低于通货膨胀率，或许会低于银行定期存款利率。一定要记住，不是所有资产都会赚钱，要慎重选择投资品种。特定时期，资产的市场价格有可能超过升值潜力。

 # 精打细算才能稳固"中产"

许多人以为身为中产阶层，肯定都是奢侈无度、一掷万金的主，其实他们在用钱上考虑得很细、很精。不但会赚钱，而且还会花钱，这才是"中产"的本色。中产阶层为了稳固自己的"中产"地位，或者要把自己的层次再向上拔高一点，在用钱方面都是很注意的。

美国有一本畅销书《隔邻的富豪》，这本书用大量事实说明了致富的钥匙在于量入为出。作者告诉我们，大多数百万富翁都是买现成的西装，开普通的福特车，在平价商场购物。

美国人常常被描绘成一个过度消费的群体，他们的国民储蓄率为负值。事实上，美国的中产阶层是非常谨慎和精明的。中产家庭经常会采用以下方式节约开支：比如翻新家具而不是购置新的，更换更便宜的长途电话公司，从不通过电话购物，将鞋子换底或修补，购买杂货时使用优惠券，购买散装的家庭用品等。这并不是说他们是守财奴，而是为了过上他们想要的奢华生活，他们必须精打细算。超过四分之三的美国中产阶层会使用优惠券，60%的人买车时会跟销售商讲价。普通的中产阶层通过讲价能够节省10%的收入。他们的消费观念就是为了过更好的生活。

世界首富比尔·盖茨的赚钱能力和赚钱速度都屈指可数，他仅用13年时间就积累了富敌数国的庞大资产。他不仅会赚钱，更会花钱。富可敌国的比尔·盖茨，公务之旅一般坐经济舱，只有当旅程超过6小时才会坐商务舱。微软（中国）有限公司总裁杜家滨讲过一件事，1994年他出任微软（中国）有限公司总裁刚刚5天，在机场看到盖茨身着T恤，背一个双肩背包，手上再拎一个帆布包，没有随员也没有其他行囊，不由得感慨万分。

还有一次，盖茨和一位朋友同车前往希尔顿饭店开会，由于去迟了，以致找不到车位。他的朋友建议把车停在饭店的贵客车位，可盖茨不同意。他的朋友想自己付钱，可盖茨坚持认为不应该让汽车停在贵客车位上。到底是什么原因使一个身价几百亿美元的盖茨不愿多花几元钱将车停在贵客车位呢？

原因很简单，作为一位艰苦奋斗的商人，盖茨深深懂得花钱应像炒菜放盐一样恰到好处，哪怕只是很少的几元钱甚至几分钱也要让每一分钱发挥出最大的效益。一个人只有用好了他的每一分钱，才能做到事业有成，生活幸福。

与此相对应的是，在中国，许多人还没有进入"中产"，或者刚刚踏进"中产"的门槛，却已在大手大脚地乱花钱，尤其是为了所谓的"面子"而无节制地盲目高消费。其实，相互攀比的心理是大多还没有致富，顶多只是刚刚赚了一点钱的人的一种恶劣心态，真正的中产阶层是不屑一顾的。

有道是：未雨绸缪，才能幸福一生。不管过去还是现在，有远见并且懂得用心理财的人，总是会获得不错的回报。一个安于现状、漠视理财的人，必然也是一个现实感很差的人。会理财的人，通常会有计划、有步骤地理财，在增加收入、减少不必要的支出的同时提高家庭的生活水准。相反，那些自恃有钱而挥霍无度的人，常常因为收支不平衡而深陷债务，结局都大为悲惨。

因此，作为一个中产阶层，即使你的众多理财产品都在不停地为你工作，你也要精打细算，不该花的钱坚决不花，这是最简单的理财之道。下面，一起来看看成功的中产阶层是怎么精打细算的。

一、开支有计划。先对家庭消费做系统分析，在月初把每月必需的生活费（包括水电费、饮食费、电话费等）放在一边，这样就基本上控制了盲目消费。

二、花钱有重点。现在的家庭消费大体有三个方面：第一方面是生活必需品消费，如吃、穿；第二方面是维持家庭生存的消费，如房租、水电费等；第三方面是家庭发展、成员成长和时尚性消费、教育投资、文化娱乐消费等。这些消费对每个家庭也都是必不可少的，但具体开支就要分清轻重缓急。

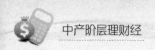
三、牺牲部分生活舒适度。在不降低生活质量的前提下，适当牺牲一点舒适度，就能够节省几张钞票。比如说卡拉 OK，晚上黄金时段的消费是全价，价格自然不菲，而只要你牺牲一下早上睡懒觉的时间，呼朋唤友地在清晨赶到歌厅，价格便只有三折。这是不是很值呢？

四、购物的三分之一原则。花三分之一的钱买经典名牌，且多数在换季打折买，可便宜一半；另外三分之一的钱买时髦的大众品牌，这部分钱可以使你紧跟潮流；最后三分之一的钱花在买便宜的无名服饰上，如造型别致的白衬衫、夹克或者裙子等，完全可以按照你自己的美学观点选择。

五、把钱花在事业上。一个满怀雄心壮志的人，应该为增加自己的成功机会而慷慨地花钱。例如：参加一个自我提高课程的学习，参加一个理财培训班，加入一个有利于自己事业发展的俱乐部等等，都会让你自身的素质提高。这也是最有价值的投资。

总之，我们每个人都要做到闲时要有吃紧的准备，不计划如何攒钱致富，等于计划如何挨穷。如果你每年不能累积一定指标的"利润"，还要入不敷出，等于你在经营一家蚀本公司，倒闭自然是迟早的事。要想成为一个标准的"中产"，并确保年老后还能非常稳定地享受"中产"的生活，你就必须养成精打细算的习惯。否则，有再高的薪水，有再多的资产，也是枉然。

 理财小贴士：学会预算帮助你有计划地消费

预算是一张蓝图，它能帮助你有计划地使用财富，使你用有限的收入最大限度地享受生活。约翰·洛克菲勒每天晚上入睡前，总要算算账，把每一美元的用途一清二楚，然后才上床睡觉。

在记账最初的一个月里，我们要把所花的每一分钱做出准确的记录。如果可能的话，连续做三个月的记录。然后我们可依此弄清楚钱到底是花在哪里，哪些支出是不必要的、应该减少的，哪些支出根本就是错误的浪费行为。长此以往，你就会不自觉地养成理性消费的好习惯，而这正是科学理财的关键。

 ## 理财从改变观念开始

俗话说"你不理财，财不理你"。21 世纪是财商制胜的时代，目前中国已经具备较为发达和完善的金融市场体系，有较多可供投资理财的金融产品。当今形势下，存款利率与通货膨胀率处在明显的倒挂阶段，银行存款利息的实际价值远远低于名义价值。有一句话说得好，"可以跑不赢刘翔，但一定要跑赢CPI"。看起来是一句戏谑的话，但背后却是对通货膨胀的担心与疑问。

随着中国人手中的财富迅速增加，越来越多的人有了理财的需要。但在实际操作中，很多人由于种种因素的影响，形成了错误的理财观念。殊不知理财关系着人的一生，错误的观念将有可能引导你走向弯路。因此，学会理财，要从改变观念开始。

错误观念一：理财是有钱人的专利

说到理财，很多人都会说："理财是有钱人的专利。我的银行卡里没什么钱，还理什么财？"

这是一个错误的观点。不管你钱多钱少，都应该理财。事实上，越是没钱的人越需要理财。举个例子，假如你身上有 10 万元，但因理财错误，造成财产损失，很可能立即出现危及到你的生活保障的许多问题，而拥有百万、千万、上亿元"身价"的有钱人，即使理财失误，损失其一半财产亦不致影响其原有的生活。因此，必须先树立一个观念，不论贫富，理财都将伴随你的一生。

当然了，在芸芸众生中，所谓真正的有钱人毕竟占少数，中产阶层、工薪族、中下阶层百姓仍占绝大多数。消费水平的增加和生活压力的增大，让很多人都觉得很累，特别是拿工资的工薪阶层。

因此，投资理财是与生活息息相关的事，没有钱的穷人或初入社会又身无一定固定财产的中产等层次上的"新贫族"更不应逃避。1000 万元有 1000 万元的投资方法，1000 元也有 1000 元的理财方式。

假如你每月的工资中有 500 元的剩余资金，在银行开立一个零存整取的账户，撇开利息不说或不管利息多少，20 年后仅本金一项就达到 12 万了，如果再加上利息，数目更不小了。

所以，理财应"从第一笔收入、第一份薪金"开始，即使第一笔的收入或薪水中扣除个人固定开支及"缴家库"之外所剩无几，也不要低估微薄小钱的聚敛能力。"滴水成河，聚沙成塔"的力量不容忽视。

错误观念二：把钱存在银行就是理财

生活中有一部分人对理财的理解非常狭隘，认为把钱存在银行就是理财，既能赚取利息，还安全。事实上，在通货膨胀和收入增长的侵蚀下，把钱存放在银行里，实质上的报酬率会接近于零甚至是个负数。所以想通过将钱存在银行里致富，那简直比登天还难。有谁听说过有单靠银行存款而致富的人？将钱

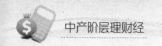

存放在银行里，到了年老时不仅无法致富，反而会连财务自主的水平都无法达到，甚至会有生活水准下降之虞。所以钱存在银行里，短期来看可能是最安全的，但长期来看却是最危险的理财方式。

有人认为富人之所以致富，是因为富人运气好或者从事了不正当或违法的行业。事实上，富人之所以致富，就在于富人与穷人的理财方式不同。富人的财产是以房地产、股票等方式存放的，而穷人的财产则是以银行储蓄的方式存放的。所以，如果你想跻身于富人的行列，你就不能将钱全部存放在银行里。

因此，理财专家建议：即使加息了，最好也不要把自己所有的钱存在银行。如果条件允许的话，应该选择一些货币型基金等，因为银行的定期存款利率再高，也不会高过这些投资项目的回报。分红型保险虽然收益可能和银行定期存款收益差不多，但它附加的一些保险功能，是银行储蓄所不具备的，因此也可以尝试选择。钱只有在房地产市场低迷、股市熊市的时候才暂时放在银行里保本，以回避市场风险。一旦房地产市场复苏、股市牛市，就应该立即拿出钱来投资到这些高回报的市场，以享受丰厚的市场回报。

错误观念三：我没有时间理财

现代人最常挂在嘴边的就是"忙得找不出时间来了"。每日为工作而庸庸碌碌，常常觉得时间不够用的人，就像常怨叹钱不够用的人一样，是"时间的穷人"，似乎恨不得把24小时变成48小时。但每个人有一样的时间资源，谁也没有多占便宜。

在相同的时间下，就看各人运用得巧妙与否了。有些人是任时间宰割，毫无管理能力，24小时的资源似乎比别人短少了许多，有人却能"无中生有"，有效运用零碎时间，利用自动化及各种服务业代劳，"用钱买时间"。

事实上，时间管理与理财的原理相同，既要"节流"还要懂得"开源"。要"赚"时间的第一步，就是全面评估时间的使用状况，找出所谓浪费的零碎时间，第二步就是有计划地整合运用。当你把"省时"养成一种习惯，自然而然就会使每天的24小时达到"收支平衡"的最高境界，而且还可以游刃有余地用闲暇的时间理财。

"忙"和"没有时间"都只是借口而已，会理财的人也都很忙，而且也都慢慢变得有钱。理财和时间之间没有必然关系，关键是看你有没有理财意识，看你想不想理财，会不会节省时间来理财。如果把自己的时间打理好，用心理财，你会发现理财是一件很轻松的事情，真正做到工作、赚钱两不误。

错误观念四：学会理财就能一夜暴富

我们生活周围有些人，特别是稍微有点理财意识而又不是特别精通的人，对某种单一的投资工具有偏好，如房地产或股票，喜欢将所有资金投入，孤注一掷，急于求成，他们的想法是要么就不理财，要么就一夜暴富。殊不知，靠这种方式理财的人期望发大财，比中彩票还要难。

有部分的投资人是走投机路线的，也就是专做热门短期投资，今年或这段时期流行什么，就一窝蜂地把资金投入。这种人有投资观念，但因"赌性坚强"，宁愿冒高风险，也不愿扎实从事较低风险的投资。若时机好也许能大赚钱，但时机坏时也不乏血本无归、甚至倾家荡产的"活生生"例子。

理财不是投机，不可能一口气吃成大胖子。只管衡量今天或者明天应该怎样，本身就是一种非理性的想法，你真正需要的是一个长期策略。

目前的投资工具十分多样化，比较普遍的不外乎有银行存款、股票、房地产、期货、债券、黄金、基金、外币存款、海外不动产、国外证券等，不仅种类繁多，名目亦分得很细，每种投资渠道下还有不同的操作方式。而市场短线趋势较难把握，我们不妨运用巴菲特的投资理念，把握住市场大趋势，顺势而为，根据自己的情况进行投资组合，将一部分资金当作中长期投资，树立起"理财不是投机"的理念，关注长远。

理财小贴士：理财可以改变人的一生

理财可以改变人的一生，无论是穷人和富人都应该学会理财。很多世界级的大富豪，他们曾经一穷二白，通过精明的理财手段，一跃成为世界瞩目的经济巨头。"家有千金之玉不知治，犹之贫也"，收入丰厚的富裕家庭收支庞大繁杂，更离不开理财之道。管理得当则"日进斗金"，生活蒸蒸日上；否则，可能"一损俱损"，成为为世人唾骂的"败家子"。

对于普通家庭来说，理财更为重要。理财是人们提高生活质量的内在需要，是家庭抵御不测风险和灾难的积极措施，是家庭安排富余资金、制定投资目标的有力助手。学会理财，你将受益一生。

未雨绸缪，制定理财计划

财富对任何人来说都有不可抗拒的魅力，但拥有财富不等于具有驾驭财富的能力，任何人都需要仔细掂量自己的理财行为。如果对财富的使用缺乏理性的规划，即使有再多的钱，也只能是暂时的，随着时间的流逝，这些钱也会渐

渐流失。因此，未雨绸缪制定理财，对一个家庭来说显得尤为重要。

理财的关键是合理计划、使用资金，使有限的资金发挥最大的效用。而制定理财计划，如同减肥，恰当的方式不止一个，至于哪个方式最好，因人而异。高收益的理财方案不一定是好方案，适合自己的方案才是好方案，因为收益率越高，其风险就越大。适合自己的方案是既能达到预期目的，风险最小的方案，不要盲目选择收益率最高的方案。记住：你理财的目的不是为了赚钱，而是在于使将来的生活有保障或生活得更好。以赚钱为目的的活动叫投资！因此，善于计划自己的未来需求对于理财很重要。

如何制定理财计划，摩根士丹利资产管理公司的苏珊·赫什曼说："人们犯的最大错误是没有方向，不知道要实现什么目标。"她说，首先根据实现的时间和必要性将目标分类。短期的目标是挣够房租；赚取大学学费或购房的分期付款可能是中期的重点；最常见的长远目标是缴纳养老金。

具体来说，制定理财计划有以下几个步骤。

一、确定目标。定出你的短期财务目标（一个月、半年、一年、两年）和长期财务目标（五年、十年、二十年）。抛开那些不切实际的幻想。如果你认为某些目标太大了，就把它分割成小的具体目标。明确的目标将帮助你有计划地执行。

二、排出次序。坐下来，和你的家人一起讨论，哪些目标对你们来说最重要？是先存出养老钱，还是先买房子，用出租房子的钱来养老？做到有的放矢，才能赶快行动。

三、所需的金钱。培养一个大学生要多少钱？筹备养老金要多少钱？买房子要多少钱？保险要多少钱？……计算出要实现这些目标，你需要每个月省出多少钱。

四、个人净资产。净资产是你所有的资产减去负债后的净额。盘算盘算你有多少净资产。

五、清楚自己的支出。翻一翻账本，看看自己过去三个月的所有账单和费用，按照不同的类别，列出所有费用项目。对自己的每月平均支出心中有数。

六、合理消费和支出。理财不是一边赚钱一边奢侈地花钱，它是建立在合理消费的基础上。因此，要理财就要养成合理消费的习惯，该花的钱一定要花，不该花的钱一分都不要花。比较每月的收入和费用支出，看看哪些项目是可以节省一点的，比如天天在外面解决晚餐；哪些项目是应该增加的，比如家人的保险。

七、坚持定期储蓄。坚持养成定期储蓄的好习惯，比如把每月工资的30％放入银行。你可别小看了这30％，长期累积下来可不是小数目。如果运用复利的方式，其数目更加不可想象。记住：这是实现个人理财目标的关键一环。

八、控制透支。信用卡可是好东西，解决你带着鼓鼓的钱包去消费的难题，可是当你爽快地刷卡、签名的同时，不要忘记那是在花自己的钱。当你每月收到银行邮寄过来的欠账单时，也不要惊讶那是你自己的透支。因此，每次你想买东西之前，问一次自己：真的需要这件东西吗？没有了它就不行吗？控制了透支，你才会有钱存。

九、投资生财。所谓理财，就是把自己的钱投资在合适的地方来进行增值，如股票、基金、债券、黄金、房地产。但是，投资总是伴随着风险存在，如果你还没有足够的知识来防范风险，就购买风险小一点的国债和投资基金，行情好的情况下，它们的收益率会比存在银行的利息高几番。

十、购买保险。也许你会觉得整天打电话的保险推销员很烦，但是不要忘记保险会未雨绸缪，在你意外或受到伤害的时候给予你必要的经济支持。如果你失去工作能力，就无法赚钱，因此，健康险很重要。财产保险对家庭财产占个人资产比重较大的人尤其重要。试想一下，如果遭受火灾，重新购置服装、家具、电视等等，总共需要多少钱？总之，保险就像一把保护伞，天气好的时候，放在家里好好收藏，一到下雨天就要拿出，显出它的用处来。

十一、购买房子。当你有足够付首付的房钱时，当你的工作稳定时，当你的各种防范措施做好时，就开始为买房子准备吧！至少，拥有自己的房子可以节省你的租金费用。

十二、充分重视退休金账户。如果你还在职，毫无疑问，每年都应确保养老计划和你个人的退休金账户有充足的资金来源。对大多数人来说，退休金账户是最好的储蓄项目，因为它不但享受优惠税收，并且公司也有义务向你的账户投入资金。当然，退休后，你的退休金账户不再有新资金注入。不过，你可以通过延期提款间接地享受额外收益。

 理财小贴士：中产阶层在北京生活要700万，你准备好了吗？

一个中层的中产阶层家庭在北京生活，要700万元！你准备好了吗？或许你不相信，有人简单地计算如下。

一、房子。在北京，买一栋像样点的住宅，加上装修等至少要100万元。

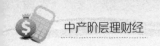

二、车子。像点样子的要 25 万元，每月的养车费、燃油费、修理费等 1500 元。假设 10 年换一辆车，30 年下来，需要 25×3＋1500×12×30＝129 万元。

三、孩子。培养一个孩子至大学毕业约需要 60 万元，还不算出国留学费用。

四、孝敬夫妻双方的父母。每人每月 1000 元（不含医疗费用），共计 144 万元（1000 元×4 人×12 月×30 年）。

五、家庭开支。一家三口，每月开销 4000 元，需要 144 万元（4000 元×12 月×30 年）。

六、休闲生活。旅游、健身等一年 2.5 万元，30 年下来需要 75 万元。

七、退休金。退休后再活 20 年，每个月和老伴用 3000 元，共计 72 万元（3000 元×12 月×20 年）。

合计：100 万元（房子）＋129 万元（车子）＋60 万元（孩子教育）＋144 万元（赡养父母）＋144 万元（家庭支出）＋75 万元（旅游休闲）＋72 万元（颐养天年）＝724 万元。

了解一些富豪的理财思路

纵观世界，有三种创造财富的途径：第一种是打工致富，目前靠打工获取工薪的人占 90％以上；第二种是创业致富，目前这类群体只占致富总人数的 10％左右；第三种是理财致富，用不同的理财方式创造财富，目前职业投资家不足 1％。

如果你对以上三种创造财富的途径进行分析，会发现一个普遍的结果：靠打工致富，财富目标大约可达到年薪百万元这样的级别；如果靠创业致富，财富目标可达到年收入千万元的级别，极少数可以达到亿万元；但要是通过投资致富，财富目标可能会更高，具有"投资第一人"之称的亿万富豪沃伦·巴菲特先生就是通过一辈子的投资致富，财富达到 440 亿美元。还有沙特阿拉伯的阿尔萨德王储也通过投资致富，他才 50 多岁，但早在 2005 年，他的财富就已达到 237 亿美元，名列世界富豪榜前 5 名。

也许，你认为富豪的发迹只是偶然，并不适合普通人。但你看完下面这组理论上的数据你就会明白。

如何让你的孩子成为亿万富翁？你只需按照下列方法去做就可以了。

假如你的孩子刚刚出生，你打算在他（她）60 岁时让他（她）成为亿万富翁，则从现在开始每个月只需投资 774.4 元，每年的回报率保证在 12％ 以上，那么 60 年后他（她）的资金将积累到 1 亿元。

如果你现在已经给他（她）储备了 2 万元，那么只需每个月投资 574.2 元，60 年后他（她）也会成为亿万富翁。

如果你现在已经有 10 万元，而且每年的投资回报率 12％，那么你不但不需要再投资，而且每个月还能得到 226.4 元的回报，你的孩子 60 岁时也将成为亿万富翁。

有的父母会说我们每个月节省不了那么多钱。好吧，你每个月节省下来 100 元总可以了，如果你的年投资回报率是 12％，那么 60 年后也将是 12913767.12 元，也是一个千万富翁。

因此，投资理财没有什么特别的奥秘，也不需要复杂的技巧，只要坚持养成储蓄的习惯，然后将其合理投资，你就能实现。

以前，我们常说知识改变命运、环境改变命运、能力改变命运等等，但今天，面对各种的投资理财渠道，你也不得不树立一个全新的观念：理财改变命运。上面的数据就是一个最好的说明。如果你还不相信，就来看看靠理财改变命运的富豪：

前面提到的世界首富的巴菲特；

数年由 4 万美元变成 2000 万美元的华尔街短线高手舒华兹；

靠借来的 400 美元变成了两亿多美元的理查·丹尼斯；

还有由卖身还债、用 40 年时间在股市白手起家，资产达 4150 亿日元的日本首富系山英太郎；

……

由此可见，理财是我们每一个人都可为、都要为的事。从世界财富积累与创造的现象分析来看，真正决定我们财富水平的关键，不是你选择打工还是创业，而是你是否选择了理财致富，并进行了有效的投资。

那么，那些身价不菲的富豪们身上有哪些可以我们借鉴的经验吗？

休斯敦一家财务顾问公司访问了 1000 多位有百万资产的人士，了解他们的生活细节。访问发现了许多富翁共有的特征，这里列举几个供大家参考。

第一，富翁们至少会买一栋自己的房子。房子是一个特有的固定资产。买房子不但是一种强迫储蓄，也是一种优良的投资，同时还会使生活质量得到提

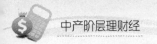

升，一举数得。房价的上涨很可能会为你带来可观的资本增值。

第二，量入为出，让支出小于收入，累积财富。许多富翁并没有惊人的收入，但是他们能够控制支出。用富翁的方式花钱会让人感觉好像是很富有，但当最后一分钱花掉或最后一份信用用尽时，富翁下场将比一位普通人更惨。因此，大多数富翁的生活方式都很节俭。

第三，喜欢购买品质优良的二手车。这是一个出人意料的发现。大家可能会觉得富豪们的座驾是新款豪华汽车，或者是全球限量版的汽车，可事实上不是这样。豪华和限量版都是奢侈人的做法，而真正的富豪们都很节俭，连自己的汽车都会在质量和价格间寻找均衡值。

第四，很早就开始有了理财意识。如果你还没有开始注意、计划并管理自己的财务，那么，从现在开始还为时不晚。不过，光有意识还是不够，重要的是必须执行。正如亚洲首富豪李嘉诚所主张的：20岁以前，所有的钱都是靠双手勤劳换来，20～30岁之间是努力赚钱和存钱的时候，30岁以后，投资理财的重要性逐渐提高。所以，李嘉诚有一句名言："30岁以前人要靠体力、智力赚钱，30岁之后要靠钱赚钱。"

第五，绝不欠信用卡债务。这个发现的意义是，如果欠下信用卡债务，就必须动用银行储蓄，动用银行储蓄，就意味着你下个月要多储蓄，可事实上你的支出却会增加，因此会影响你很难成为富翁。

第六，做孩子的理财榜样。榜样的力量无穷大。如果你以身作则，知道怎样计划和安排你的财富，你的孩子也会向你学习。另外，如果你尽早给孩子灌输理财意识，那么这将是给孩子最好的礼物。

 理财小贴士：成为富豪的信条

一、自己当老板。为别人打工，你绝不会变成巨富，老板一心一意地缩减开支，他的目标不是使他的职员变成有钱人。

二、不要一直都想着发大财，不如想想如何改进你的事业。你应该常常问自己的是："我如何改良我的事业？"如果事业进行顺利，财富就会跟着而来。

三、尽量把时间花在你的事业上。一天十二小时，一星期六天是最低的要求。一天十四小时到十八小时是很平常，一星期工作七天最好了。你必须牺牲家庭和社会上的娱乐，直到你事业站稳为止，也只有到那时候，你才能把责任分给别人。

四、不要冒承担不起的风险。如果你损失十万元也损失得起的话，就可以继续下去，但如果你赔不起五万元，而一旦失败的话，你就完蛋了。

五、一再投资。不要任你的利润空闲着，你的利润要继续投资下去，最好投资别的事业或你控制的事业上，那样，钱才能钱滚钱，替你增加好几倍的财富。

六、请一位高明的律师——他会替你节约更多的金钱和时间，比起你所给予的将要多得多。

七、请一位精明的会计师。最初的时候，你自己记账，但除非你本身是个会计师，还是请一位精明的会计师，这可能决定你成功或失败——他是值得你花钱的。

八、请专家替你报税。一位机灵的税务专家，可又替你免很多税。

九、无论如何，请保持平静的心态，拥有健康的身体，否则拥有再多的钱也没有意义。

第2章
金融危机下保险应为重中之重

　　保险是生活的必需品。飞机不上保险就不能起飞，轮船不上保险就不能出港，社会不能没有消防队，国家也绝对不能没有国防。小到每个家庭和个人，都应有这样的观念。身处社会之中，风险无处不在。为防患于未然，每个家庭都需要从收入中拿出十分之一来投入安全保障。无事准备有事，有钱准备没钱。金融危机下，保险应该是重中之重。

 金融危机下保险的作用

　　"天有不测风云，人有旦夕祸福。""有保险，真好！"这些都是保险公司常用的营销术语。在现实生活中，有很多人不愿意购买保险，认为买保险是浪费自己的钱财，还有人认为买保险不吉利，那不是诅咒自己出事情吗？还有人认为自己健健康康，能吃能睡能工作，什么问题也没有，购买保险干什么呢？其实，这都是人们片面的看法。保险是一种延期兑现的商品，它的作用是防患于未然。

　　具体来说，保险有以下几个方面的作用。

　　一、转移风险。买保险就是把自己的风险转移出去，为众多有危险顾虑的人提供了保险保障。而接受风险的机构就是保险公司。不过，保险公司接受风险转移时因为有规律可循，摸清规律能够尽量避免风险。

　　二、均摊损失。自然灾害、意外事故造成的经济损失一般都是巨大的，是受灾个人难以应付和承受的。保险人以收取保险费用和支付赔款的形式，将少数人的巨额损失分散给众多的被保险人，从而使个人难以承受的损失，变成多数人可以承担的损失，这实际上是把损失均摊给有相同风险的投保人。

三、实施补偿。实施补偿要以双方当事人签订的合同为依据，其补偿的范围主要有以下几个方面：投保人因灾害事故所遭受的财产损失；投保人因灾害事故使自己身体遭受的伤亡或保险期满应结付的保险金；投保人因灾害事故依法对他人应付的经济赔偿；投保人因另外一方当事人不履行合同所蒙受的经济损失；灾害事故发生后，投保人因施救保险标的所发生的一切费用。

四、抵押贷款和投资收益。我国《保险法》中明确规定："现金价值不丧失条款"，客户虽然与保险公司签订合同，但客户有权中止这个合同，并得到退保金额。保险合同中也规定客户资金紧缺时可申请贷款。如果你急需资金，又一时筹措不到，便可以将保险单抵押在保险公司，从保险公司取得一定数额的贷款。

五、保值增值。一些人寿保险产品不仅具有保险功能，而且具有一定的投资价值，就是说，如果在保险期间出现了保险事故，保险公司会按照约定给付保险金；如果在保险期间没有发生保险事故，那么在到达给付期时，你所得到的保险金不仅会超过你过去所交的保险费，而且还有本金以外的其他收益。

可见，保险的作用非常大，对于每个人、每个家庭都很重要。那么，全球金融危机的行情下保险还会起相同的作用吗？

那是当然的！

无论什么样的时期、什么样的年代，都存在风险，保险需求总是客观存在的。越是在经济萧条年代，保险业越可以发挥重要作用。美国 1929～1933 年的经济危机是历史上最大的经济危机。许多保险代理人扮演了免费为客户制定理财规划的角色，使保险从业人员越来越多地赢得社会的尊重。现在，在国内越来越流行的保险理财规划师，就是在那个历史阶段开始在世界上出现并普及开来的。

受全球金融危机影响，各国股市、汇市、期市、楼市、原油等多个市场都出现了剧烈波动，造成个人资产或多或少的流失。应该说，这样富有教育意义的一课，在很大程度上提高了大家的风险意识和金融概念。

经济萧条时期，人们总是设法节省开支，汽车少开，大房子不住，饭店不去，但维持生存的基本开支是必须支付的。比如：生病必须看医生，发生意外必须支付高昂的医疗费用等等。越是艰难的时候，人们越需要注重防范风险，必须有应对和补偿风险损失的办法。而只有保险和救援服务才是最经济的手段，因为这类产品具有补偿损失的杠杆作用，让人们花较少的钱，解决很大的

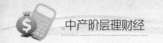
问题。

比如大病临头，许多人债台高筑，也无力承担高昂的医疗费用。如果投保寿险和医疗保险，便可避免住院治病时的尴尬和病后的窘迫。

或许不少人不在乎不畏惧死亡，但他的家人却可能因失去亲人而陷入无尽的痛苦和失去依靠的困境之中。投一份保险，也是承担着一份责任，传承着一份爱心。

意外事故是固然难以预料的，但事实上基本上它时刻都在发生着。如遇不测，谁愿意成为父母、亲人的负担？或者给本来拮据的家境雪上加霜呢？这时候，残疾保险金可以从经济上免除或减少经济负担或压力，也由此减少心理的压力和负担。

要想退休的日子活得洒脱有尊严，年轻时早准备、早投资购买保险，年老时才可以衣食无忧，度过一个夕阳无限好的晚年。

再比如某位企业老板因经济危机，商品卖不出去，库存积压，工资无法支付，最终申请破产，债务缠身。屋漏偏逢连夜雨，自己又得了重病身故了。如果这位曾经风光的老板没有购买人寿保险，他的家人会很困窘；如果他生前投保了定期或终身寿险，保险公司必须给付人身保险金，其家庭将因此而渡过危机阶段。

不过，在股市狂跌、房地产泡沫，全球经济一片灰暗的艰难时期，全世界的中产阶层都要面临生活拮据的现实问题。建议你在开支方面做结构性调整，抓紧钱袋子，做好家庭理财。要知道，危机年代很难借到钱的！万一发生大的必要开支，比如医疗或意外伤害救治，没有钱肯定不行！

最简单、最经济的办法就是参加短期意外伤害保险，提高医疗保障额度。如果从保障角度和性价比来看，意外险无疑是最实惠的选择。一般每年只需支付数百元即可获得数十万元的意外事故赔偿。投保人购买的意外险额度不需要太高，可以参考自己已经购买其他险种产品的额度来制定，只要起到补充提高作用即可。

人生会面临许许多多的风险和财务问题，当问题一旦来临，有时候你会招架不住，而保险就像是一道防护墙，帮你抵挡风险，分担忧愁，让你重振信心，继续向前。它以明确的小投资，来弥补不明确的大损失。保险金在遭遇病、死、残、医的重大变故时，可以立即发挥周转金和急难救助金的功能。

因此，在金融危机到来时，保险肩负着保全资产、补偿损失、稳定人心和社会的重要作用！

理财小贴士：投资保险的双十原则

　　投资保险应采取适当的保费预算和保额需求，不要太过高，也不要太过低。专家建议采取双十原则，即保费的支出是以年收入的 1/10 为原则，若超出年收入的 1/10，恐怕会造成经济负担，进而陷入无力缴纳续期保费的尴尬局面。至于保额需求，则约为年收入的 10 倍，才算比较妥当的保障。

 ## 一定要给家庭支柱买一份保险

　　如今给自己或家人买份保险已是家庭最普通的消费之一，保险作为家庭理财的重要组成部分已越来越被大家重视。不过，人们在购买保险时都会犯一个错误，喜欢先给孩子买保险。

　　据调查，北京某个小区，约有 90％ 的家庭给孩子都买了保险，但是这些家庭中孩子的父母没有买保险的占大多数。

　　孩子是父母的心头肉。父母想法就是，孩子没有自我保护能力，而大人可以保护自己，所以给孩子上个保险。还有很多父母非常爱自己的孩子，有什么好东西就先给孩子，当听说保险有保障作用时，也先给孩子买，认为这也像是好吃的、好喝的、好玩的，先给孩子买保险。这真是大错特错！

　　事实上，保险是保一个人的经济价值。对于一个家庭而言，最具有经济价值的人是家庭的经济支柱。

　　试想一下，当我们的收入突然中断时，将会出现什么状况？年迈的父母需要赡养，年幼的子女正如花般地成长而需要父母的经济支持，他们怎么办？对于收入一般的家庭，因为单靠顶梁柱的收入，生活已经过得不易，一旦失去家庭的这个主心骨，情况不是更严重吗？

　　每个家庭的支柱都是大人，一旦他们因意外、疾病等丧失工作能力或者是失去收入时，家庭就将陷入困境。因此，买保险要遵循一个原则：先给家庭的经济支柱买一份保险。家庭支柱的平安健康才能给家庭带来安全感。

　　"爱"若是没有带来任何保障，就好似只开了一张空头支票。你给家人的"爱"，有兑现的保障吗？我们一起来看一个典型案例。

余老板在北京建材市场做材料运输生意，年收入在 50 万元以上，妻子原来是一个办公室文员，有一个 10 岁的女儿，一家人过着其乐融融的日子。后来因为孩子的教育问题比较严重，妻子干脆辞职在家做了全职太太，自己抓起了女儿的教育。

关于购买保险，余老板第一个想到的妻子和孩子。他给妻子上了一份重大疾病险和一份养老险，给孩子上了一份教育险，年交保费三万多元。而自己却没有买分文的商业保险。

一年后的一天，余老板开车经过一个工地时被铁架上意外飞下来的一个砖头砸中了车，汽车方向失灵撞向了墙当场死亡。在得知噩耗后，妻子哭得昏死了过去……

除了得到工地有限的赔偿，余老板身后没有得到任何的赔偿。余老板的突然离去，给家庭造成了沉重的打击，余老板做生意有着很多的生意伙伴，可是在他离去后欠他钱的全见不着人影了，他的债主却全找上门来了，家里现金很快就没了，妻子只得变卖房子还账。妻子一下子从衣食无忧变成流离失所，生活的困苦更不用说了，而一年多以前丈夫给自己和孩子买的 10 年交的保险，已经成了一个巨大的经济负担，她不得不将其退掉。

对于一个家庭来说，保一家之经济支柱就是在保一个家庭。因为家庭支柱对一个家庭的意义太重要，所以在做保险规划时要切记谁最该保？谁最先保？那就是给家庭带来主要收入来源的那个人。而对于家庭支柱本身来说，所承担的责任就在于要给自己的家人做好充分的准备，尤其是不能挣钱的时候，保险就是给家人最好的一道生活安全屏障。

如果把这个顺序弄反了，给所谓"最需要保的人"所上的那些保险，在支柱出现风险后不仅没有任何作用，还会成为家人沉重的负担。

家庭支柱在做保险规划时，选择合适的保险公司也是很重要。而选择保险公司，最需要考虑的是保险公司的实力、偿付能力、公司信誉等。

同时，由于保险的专业性，最好选择专业的保险理财顾问来做规划。专业的保险理财顾问能够分析我们目前的家庭经济状况及潜在财务风险，知道你的风险偏好程度，能度身定做合适的保险计划。

不过，所有家庭经济支柱的规划重点不能一概而论。对于不同收入层次的家庭支柱，保险的功能及重点也有所不同。需要根据自己的经济能力和家庭经济需求制定相应的保险规划。

超高收入者，主要是利用保险分散投资风险、增加投资组合、减少损失。

保险是安全稳健的投资方式之一。保险重点应体现在资产规划和财富安全。

对于中高收入者，主要是利用保险来进行家庭保障、子女教育规划、退休养老计划。保险重点应体现在保证优越生活品质、家庭保障兼顾投资理财。

对于一般收入者，主要是利用保险来进行医疗保障、意外伤残保障、身故保障。一般收入者的家庭抗风险能力较弱，保障最为急需。保险重点应体现在缓解燃眉之急、保障基本生活。

任何保险不是保额越高的越好，而是合适的自己才是最好的。购买保险，切忌互相攀比的心态。因此，保险规划还需要注意安排合适的保额和保费。保额的尺度应考虑被保险人的赚钱能力和需抚养、赡养亲人的生活费以及尚未偿还的住房按揭等综合因素。合适的保费，原则就是以不影响目前生活质量为前提。

在保险产品的轻重缓急、安排先后次序上，要始终明白，合适的保险产品最先考虑意外、医疗和身故保障，其次考虑教育金、养老安排。

同时，需要根据不同的投保目的，选择相应的保险产品。出于规避遗产税的考虑，可投保终身寿险。需要以较低保费获得较高保障者，可选择意外险、定期寿险。希望保障兼顾养老的话，可选择两全型养老保险。

最后，投保后还需经常检视保单，清楚自己的保险计划。当家庭经济和人员发生改变时，还要适时调整自己的保障计划。

 理财小贴士：保险是理财的好工具

保险是一种很好的理财工具。首先它能使你的资产保全。当你的资产在遇到风险时不受或者少受损失而且能够保值增值。其次，投资保险其实就是对风险的投资。对于保险而言，就是要为我们自己不愿意承担的风险去投资。当风险一旦来临，不能让风险对自己形成沉重的打击，不能让财富损失，那就是保险了。

 ## 中产家庭应制定稳健的财产计划

对于中国人来说，2008年意味着太多的东西。有雪灾、地震等自然灾害，

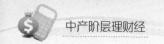

有令世界瞩目的奥运盛会，还有一场席卷全球的金融海啸。

不过，相比欧美金融机构，亚洲金融机构在这次金融海啸中受到的影响比较小，这主要是因为中国等亚洲国家国民储蓄率很高，国家也持有巨大的外汇储备。再加上中国的资本控制力度比较强，因而中国已经成为金融机构的避风港，很多外资企业和投资机构纷纷把目光瞄准中国市场。

那么，在金融危机的前提下，中产阶层家庭该有怎样的理财计划呢？

大多数中国老百姓喜欢把钱存在银行，银行存款一直是资金安排的主要渠道。钱存在银行里是有利息收入的，这是最安全的渠道。然而，把钱存在银行就能保值增值了吗？当然，金融危机下，保持财务稳定，执行稳健的财产计划是很有必要的。事实上，在股市出现大幅调整走势以后，银行储蓄资金出现回流迹象。但这也许并不是最好的理财方式。

国家统计局公布的数据显示，2009年3月份CPI涨幅为−1.2%，与市场的预期基本一致，继续维持了2月份以来的负增长态势。也就是说，银行存款利率仍低于物价上涨指数，实际上存银行已经是负利率了。而且，经济界人士普遍预期，这一状况将持续或者进一步加剧。因此，大量资金投向银行存款，非但不能增值，也不能保本了。

在这种背景下，理财专家提醒：一方面，要适当调整银行存款在家庭资产中的占比，存款比例不宜过高；另一方面，为规避利率进一步上升及通货膨胀加剧的风险，存款期限仍应保持中短期为宜，给未来留下适时调整的空间。

此外，还可通过分割存款的方式理财，即把存款分为多笔数额较小的部分，再根据自己对升息的预期选择存款期限。这样不但定期有存款到期，急用钱时不用提前支取，即使不用钱，也可通过转存不断地分享当前市场中不断提高的较高利率。

喜欢储蓄是很好事，但也不能过度，如果把所有的资金都放在银行，遇到通货膨胀的话，今天的10万到明天就不值10万了。因此，聪明的理财人要把保险列入理财规划范畴。从某种意义上来说，保险甚至要放在储蓄之前。

然而，当前的形势并不乐观，很多人并没有把保险当成一种理财方式。统计数据显示，2006年北京市民的人均保单还不到一张。考虑到许多购买保险的人往往拥有多份保单，因此，实际上许多人处于保险保障的空白区。不愿意购买保险的人们，往往认为自己身体好，厄运也不会降临到自己头上，买了保险是浪费钱。

理财专家认为，适量投资保险产品，可以让家庭出现财务危机的时候分担风险。意外险和健康险会在你的身体出现重大损伤的时刻发挥作用，是家庭理财要率先考虑的。目前，对于 30 岁左右的男士，每年 1500 元左右的支出，就可以提供较好的保障。如果经济条件许可，也不妨采取趸交的办法，这是一种一次性支付保费解决保障的方式。

另外，金融危机时期，中产家庭要做好资产配置结构的调整，在保障现有家庭生活的前提下，谨慎投资，合理实施稳健的投资计划，就一定能让家庭平稳渡过困难时期，走向光明的未来！

 理财小贴士：保险和储蓄的不同

保险和储蓄虽然都是理财方式，但二者有很大的不同。

一、保险和储蓄都可以为将来的风险做准备，但它们之间有很大的区别。用储蓄的方式来应付未来的风险，是一种自助行为，并没有把风险转移出去；而保险能够把风险转给保险公司，是一种互助合作的行为。

二、在银行储蓄是存取自由的；而保险则带有强制储蓄的意思，能帮助你迅速积攒一笔资金。

三、在银行储蓄中，金额包括本金和利息；而在保险中，你能得到的钱大多是不确定的，它取决于保险事故是否发生，而且金额可能远远高于你所缴纳的保险费。

四、在银行存的钱是自己的，只是暂时让银行使用；而购买保险所花的钱不再属于自己，归保险公司所有，保险公司按保险合同的规定履行其义务。

 ## 谨慎投资，保持资金流动性

对于一般中产家庭来说，维持今年的财务稳定是最需要关注的。虽然各国政府都在采取各种措施救市，但是诸如房贷、信用贷款等导致次贷危机的源头并没有得到完全的整治。从这个意义上说，这次金融危机的影响还将持续。而中国经济现在也不能脱离世界大环境的影响。尽管中央政府发布了庞大的经济刺激计划，但在全球整个经济环境不好的背景下，经济的恢复还是有一定难度的。

对于目前的情况而言，中产阶层受到的影响是很明显的。按照收入水平来说，富裕的那部分人当危机发生时，财富出现一些缩水，但还不至于受到致命的影响。而相对贫穷的那部分人本身生活就不是很好，加上政府的补贴和扶持，生活也不可能发生特别重大的改变。

因此，中产阶层受到的影响是最大的。经济形势好的时候，可以有一个相对稳定的收入来源。由于资金情况很好，他们通过贷款能够购置房产、汽车，维持一个比较好的生活水平。但如果经济形势出现反转，收入来源变得不那么稳定，就不能再去过多贷款进行消费。因此，对于中产家庭来说，不管是现在的生活品质，还是未来的理财规划，难免要受到一定程度的影响。

从需求的角度而言，经济形势变坏，中产群体的理财应该更谨慎，以求稳为主，保持资金流动性。大家都说现在是现金为王，对于现在的情况来说是很有必要的。

那么，中产家庭应该怎么调整资产配置呢？谨慎是跟注重风险防范密切相关的。在经济形势预期向上的情况下，我们可以进行长期投资，进行价值投资，可以把资产的很大一个比例放到股票、基金里去，比如用50％的资金来做这方面的投资。但现在情况不同了。现在证券市场的调整比较频繁，经济形势低迷时期调整效果的出现还需要等待一段时间，那么就必须做出短期投资上的调整。长期持有是对的，但是现在的点位并不合适。如果要长期持有，最好是等到市场稳定一些了，经济形势转好一些了，再去长期持有为宜。

另外，作为中产阶层应该更多地关注家庭风险的防范。每个家庭都应该制定自己的家庭风险保障方案。从收支两条线上来看，主要有两块，一个是家庭收入来源保障，另一个是防范突发性的大额的资金支出。

我们知道，收入来源分为可控的和不可控的。可控的就是工作、就业，大家要好好上班，认真工作，保持现在的收入来源稳定，不能因为自己的原因失业。不可控的因素，比如一些意外事故、重大疾病等等，它导致自己的工作无法继续，从而严重影响收入的稳定。

而在突发性的大额支出上，一般来说最常见的就是重大疾病。现在医疗费用很高，常常有因病致贫的说法。万一不幸，自己或者家人患上重病，会严重损害家庭的财务平衡。

那么，对于这些风险要如何防范呢？我们认为，首先做好可控的，把不可控的交给专业的风险保障机构，也就是保险来做。投保人可以通过保险公司获得相应的保障。通过投保意外险、健康险，就可以在收入预期不稳定、风险抵御能力低的情况下，防范发生不幸的风险。

总之，在现在的形势下，保持资金流动性是非常重要的。在做好保障之外，投资者也可以把资金拿出来做一些中短期投资，以流动性较强的产品为主。建议大家不要急于投资房地产、汽车等长期大宗商品，相反货币基金可能要好一些，短期定额存款也可以作为很好的选择。现在通货膨胀压力降低，货币贬值的风险也减小了，建议大家至少要保证三到六个月的救急资金，如果工作、生活有一些变动，也能够提供很好的补充。

理财小贴士：现金为王并不等于把钱都存银行

　　在金融危机影响下，保值财富、现金为王成为很多投资者惨败之后的教训。而现金为王并非只意味着活期存款或者货币型基金，专家表示：所有适合自身流动性的配置都是实现现金为王的捷径。只要保持流动性就好。现金为王只是一种观念，要时刻提醒自己谨慎投资。另外，对于手中的金融资产例如银行账户、信用卡、基金、信托和银行产品，建议及时做一个梳理，做到心中有数。

切勿将保险作为暴利投资对象

　　世界金融危机以来，在"稳健、保值"的理念主导下，保险理财在目前看来是值得考虑的方式之一。通过购买保险对资金进行合理安排和规划，防范和避免因疾病或灾难而带来的财务困难，同时可以使资产获得理想的保值和增值。保险还具有强制储蓄的功能，是一种有效的理财方式。

　　现在有很多原本是保守型的投资者将投资视线逐渐投向保本型、稳健型的投资理财产品，特别是兼具储蓄、投资、保障等功能于一身的投资型保险产品逐渐引起投资者的青睐。

　　然而，大家在进行投资理财时，都抱有一种心态，认为投资型保险是一本万利的事情，是暴利投资对象。保险的主要功能是抵御风险、补偿损失。它的本义是通过保险给付或者赔偿实现风险转移或者生活补偿，而不少投资者却把投资型保险当作纯粹的投资产品来购买。这是非常不理性的做法。虽然投资型保险产品是与投资收益挂钩的一种保险，具备保障和理财双重功能，但是并不及投资产品，比如股票和基金。

　　作为投资者，应在充分购买保障型险种后再考虑投资型险种。购买保险的顺序应依次为意外险、医疗险、重疾险、养老险、投资型保险，首先应该全面考虑所有家庭成员保障是否充足，在此基础上方可考虑购买一定数额的投资型保险产品。

因此，中产阶层对待投资型保险产品，需要保持正确的心态。投资型产品都有保险责任，给付身故或者生存保险金，同时还可以附加意外、重大疾病，给客户多方位的保障。它给出的收益通常很有吸引力，尤其是在销售人员推荐时，更容易将没有实现的分红率夸大。抱有投资收益心理的投资者往往听信了预期的收益率，形成了很高的心理预期。其实，保险的收益并不固定，有的保险有保底收益，比如万能险，不过并不高，年利率大概为2%，有的投资保险并没有固定的收益，比如分红险。

当前市场上的投资型保险产品主要有分红险、万能险和投资连结险。分红险主要适合于风险承受能力低，有稳健理财需求的投保人；万能险适合于需求弹性较大，风险承受能力较低，希望保险产品有更多选择权的投保人；而投资连结险适合于收入较高，具有成熟投资理念，追求资产高收益同时又有较高风险承受能力的投资者。投资连结险是一款高风险、高收益的投资型保险产品，适合投保者在证券市场处于上升趋势时进行投资，由于投资连结类保险产品的部分投资账户主要投资方向为基金等产品，所以该险种有"保险中的基金"之称。

如果你确定要购买投资型保险，就需要了解投资型保险产品的种类和特点，选择适合自己风险偏好的产品，不要盲目。

在保险产品的选择上，建议中产家庭首先要以保障型产品为主，如终身寿险、意外险、健康险，利用保险的保障功能，对家庭做好充足保障，起到保底作用，做到"立于不败之地"。在资金充足的情况下，可以考虑投资与保障兼顾的万能险或投资连结险。

另外，子女的教育是中产家庭比较关注的，可以利用保险的财务规划功能为子女安排教育基金。在安排自己的养老金方面，中产家庭可以考虑使用结余部分资金来购买养老保险，减少后顾之忧，一些分红、万能险产品和年金产品都可以成为养老保险的选择。

现在保险市场上保险公司数量较多，各家保险公司出于"跑马圈地"战略布局和迅速增加保费规模的考虑，投资型保险产品创新步伐日益加快，所以投保人在购买投资型保险时，要多比较分析各家公司投资理财型保险的差异，从中挑选最适合自己、性价比最优的投资型保险产品。

在投保的比例上，一般要把投保费用控制在家庭年收入的10%～20%左右。中产家庭也可根据其自身情况来选择具体的保险产品，在选择的时候也要注意收入和支出的平衡，不要让买保险变成一种负担。因为保险合同是一种正规的民事要约式合同，一旦中途解约，保险公司会扣除保险业务员的展业佣金、保单管理费等费用，以现金价值进行兑付，投保人会面临损失本金的危险。

对于广大投资者来说，既能得到保障又能使资产升值的理财工具是较为理想的选择。大家在选择投资型保险时，切忌将其作为一定会获得巨大利润的投资产品来看待。

 理财小贴士：购买保险要从多方面考虑

在购买保险时，很多人迫不及待地去保险公司或者保险代理中介那里去购买保险，甚至还遇到了卖保险的熟人，买了熟人的保险后，发现又不适合，又碍于面子不好意思去退保，很后悔。其实，在确定购买保险前，应根据自身情况，坚持原则购买合适的保险。

和投资任何产品一样，购买保险必须明确自己的保险用途和目的。一般来说，保险的主要目的是有生命保障、收入保障、养老保障、伤残保障、疾病医疗费用保障等。范围比较广，只有明确了自己的保险目的，才能选择合适的保险种类。

另外，购买保险要考虑多个方面，选择组合式的保险计划，通过多个险种的搭配，达到最佳的保障效果。

 ## 把握主动权，节省保费

人的一生会面临许许多多的风险和财务问题，寻找满意的职业固然重要，但面对崭新的生活，更不可忽视保险发挥的防御功能。如今，购买保险已经成为我们日常支出的重要组成部分，因为每个人都希望幸福、保障伴随一生。

然而，保险种类繁多，保费支出的计算方式也不尽相同。在和保险公司签订保险合同时，一定要睁大眼睛，多看多问多打听，不要听信保险推销员的指挥，因为最终掏钱的是你自己。所以你要掌握主动权，尽量来节省

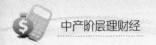

保费。

具体来说，节省保费有以下七个方法。

第一，买保险时要刨根问底

保险公司在推销保险时，会有很多谈判技巧。比如在谈论人寿保险的时候，避免直接说"人寿保险"这个词，总是会用一些委婉的说法，例如用"保障抵押"、"退休养老计划"或"避税方案"等加以包装。因为，很多保险公司都要求保险顾问不要用最直白的说法告诉潜在的客户。

但是，我们应该清楚自己是在购买人寿保险，尽管保险顾问一直强调它的规避纳税等方面的价值，但是他们不会明明白白地告诉你高手续费、长年累月的定期缴纳，以及一旦提前终止所受到的巨大的损失。因此，买保险时候，不要被推销员的花言巧语所蒙蔽，不要被包装所诱惑，一定要刨根问底，弄清这个保险方案是不是真正适合你。

第二，离职后，自费续交公司已交的人寿保险

有的公司对待员工的态度非常人性化，会为员工购买人寿保险。有这样的雇主的确感到非常幸运。但是，不要忽视的是这样的保险可能"半途而废"，因为每个人都可能因为各种原因离开公司。因此，最好的办法是把公司为员工购买的人寿保险作为自费购买的相关保险的一个补充，这样就使人寿保险能够延续下来，才能保证未来的收益。

第三，健康问题要区别对待

有不少保险公司，尤其是有悠久历史的保险公司，它们对疾病有不同的分类，并且对严重程度也区别对待。例如，糖尿病患者不再作为一个整群出现，而是在"医药可控制"到"非常严重"之间分成不同等级，保险费用自然有很大的差别。因此，如果患有糖尿病，并且打算购买人寿保险，那么建议选择对糖尿病"友好"的保险公司投保。

第四，要和保险公司"谈判"

保险公司在和你签订保险前，会特别了解你的健康状况。如果你的身体健康，没有任何疾病史，周末会进行慢跑一次，游两次泳，只是偶尔吸烟，那么你会发现保费会因为你的吸烟习惯无形中增加。因此，这时你需要坐下来与保险公司进行交涉，解释"偶尔"吸烟并不等于一天抽一两支烟，只是每个星期或者十天半个月才会抽一包烟，这样做的结果会使你的保费被减免50%。

第五，少吸烟、多运动等于帮你的大忙

我们知道戒烟、减肥能够帮助节省保费，但是到底能省多少呢？对于不良生活习惯和健康隐患，保险公司会将其费用至少提高一倍。如果你想省钱的

话，那就少吸烟、多运动，恢复健康的生活方式，还能还你一个健康的身体，正是一举两得。

第六，别小看保险公司的手续费

推销保险时，保险公司总会把一些小秘密藏得严严实实，比如手续费。但是我们还是知道一些保险公司的手续费很低，甚至为零。这些保险公司大多为行业龙头，或者是某个细分市场的领导者，例如专做职业女性服务的保险公司。因此，少掏一点手续费，意味着你省了一点钱。

第七，巧妙交费花钱少

保费大多在每个月会按时、自动地从我们的账户上划走，非常方便。但是，你知道怎么交费花钱少吗？有个秘密你一定要知道，年付比按月支付要便宜 15％～20％。所以，不要在不知不觉中花了冤枉钱。

 理财小贴士：影响保费的因素

很多投资人在购买保险的时候，会发现即使在相同保险项目下，所交的保费也是不同的。其实，保险计算是一个比较复杂的过程，影响保费计算的因素有很多，主要有保险责任、保险期间、缴费期间、交费方式、被保险人的性别、年龄、职业以及身体健康状况、投保金额等。

一般来说，保险金额越高，保险费越高。养老保险的保险费较高，死亡保险则较生存保险便宜。生存保险以及两全保险的保险期间越长，保险费越便宜。死亡保险则反之，保险期间越长，保险费越贵。性别方面，死亡保险一般是女性的保险费较男性的保险费便宜。这是因为女性的平均寿命要高于男性。在交费方面，年交的保险费会多于半年交，半年交的会多于月交；两个半年交的保险费会多于一个年交保费，六个月交的保费会高于一次半年交的保费。

 掌握六步骤，保险理赔轻松得

大家购买保险的最终目的，是在事故发生时，或达到领取保险金的年龄时，能够得到来自保险公司的赔偿或给付。但在理赔中，也有许多投保人因为自身的疏忽，或者是相关证明不齐，不能达到通过保险防止意外的

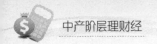

目的。

　　申请过保险理赔的朋友可能都有这样的经历，明明已经报案一个多月了，却一点结果也没有，又不好意思总打电话到保险公司去催问，可心却始终悬着……又或者，刚刚去柜台递交了理赔申请，半小时之后就拿到了保险给付金额……

　　事实上，这是因为理赔性质不同，所需要的程序处理时间也不一样。保险公司处理理赔案件的过程，实际上就是履行保险合同的过程。保险公司对保险合同的履行，必须严格遵照有关规定及合同的约定。那么，要想轻松获得保险理赔需要注意什么问题呢？

　　第一步，受理报案

　　被保险人发生保险事故后，首先要做的就是及时向保险公司报案，以便对方将事故情况登录备案。报案是保险公司理赔过程中的重要环节，它有助于保险公司及时了解事故情况，必要时可介入调查，尽早核实事故性质；同时保险公司又可以根据保险合同的要求及事故情况，告知或提醒申请人所需准备的材料，并对相关材料的收集方法及途径给予指导。

　　第二步，受理材料、立案

　　接到被保险人报案后，保险公司会根据申请人提供的理赔申请材料进行审核，确定材料是否齐全、是否需要补交材料或是否受理。

　　在立案环节中，保险公司的立案人对提交的证明材料不齐全、不清晰的，会当即告诉申请人补交相关材料。对材料齐全、清晰的，即时告知申请人处理案件大致所需要的时间，并告知保险金的领取方法。

　　第三步，调查

　　调查是保险公司通过对有关证据的收集，核实保险事故以及材料真实性的过程。调查过程不仅需要相关部门及机关的配合，申请人的配合也是必不可少的环节，否则将影响保险金的及时赔付。

　　第四步，审核

　　审核就是指案件经办人根据相关证据认定客观事实、确定保险责任后，精确计算给付金额，做出理赔结论的过程。

　　第五步，签批

　　签批是指理赔案件签批人对以上各环节工作进行复核，对核实无误的案件进行审批的过程。

　　第六步，通知、领款

　　案件经过签批环节后，保险公司就可以通知受益人携带相关身份证明及关系证明，前来办理领款手续了。为了使保险公司能准确、迅速地联系相关受益人，申请书上必须填写准确的电话号码及联系地址。

以上六个步骤是所有保险理赔的受理环节，但是我们还要注意一些细节问题。

一、注意理赔时效。所有保险产品的索赔都是有一定期限的，因此投保人想要维护自己的权益，最重要的就是要在第一时间与保险公司及时建立联系，并以书面形式通知保险公司提出给付保险金申请。

保险索赔必须在索赔时效内提出，超过时效，被保险人或受益人不向保险人提出索赔，不提供必要单证和不领取保险金，视为放弃权利。险种不同，时效也不同。人寿保险的索赔时效一般为五年；其他保险的索赔时效一般为两年。索赔时效应当从被保险人或受益人知道保险事故发生之日算起。保险事故发生后，投保人、保险人或受益人首先要立即止险报案，然后提出索赔请求。

二、准备申请保险理赔需要的资料。投保人要想顺利获得保险赔付，一定要在事故发生后，注意保存好各类证明单据，并带上当初的投保单等相关证明，向保险公司提出赔付。保险金种类不同，索赔时应提供的资料也不一样，一般要求提供有关证件的原件。

索赔时应提供的单证主要包括：保险单或保险凭证的正本，已缴纳保险费的凭证，有关能证明保险标的或当事人身份的原始文本，索赔清单，出险检验证明，其他根据保险合同规定应当提供的文件。

其中出险检验证明经常涉及以下内容。因发生火灾而索赔的，应提供公安消防部门出具的证明文件。因发生暴风、暴雨、雷击、雪灾、雹灾而索赔的，应由气象部门出具证明。因发生爆炸事故而索赔的，一般应由劳动部门出具证明文件。因发生盗窃案件而索赔的，应由公安机关出具证明，该证明文件应当证明盗窃发生的时间、地点、失窃财产的种类和数额等。因陆路交通事故而索赔的，应当由陆路公安交通管理部门出具证明材料，证明陆路交通事故发生的地点、时间及其损害后果。如果涉及第三者伤亡的，还要提供医药费发票、伤残证明和补贴费用收据等。如果涉及第三者的财产损失或本车所载货物损失的，则应当提供财产损失清单、发票及支出其他费用的发票或单据等。因被保险人的人身伤残、死亡而索赔的，应由医院出具死亡证明或伤残证明。若死亡的，还需提供户籍所在地派出所出具的销户证明。如果被保险人依保险合同要求保险人给付医疗、医药费用时，还需向保险人提供有关部门的事故证明，医院的治疗诊断证明，以及医疗、医药费用原始凭证。

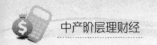

理财小贴士：哪些情况保险公司可以拒赔

很多人认为：买保险容易，要保险公司赔钱可就难了。事实上，不是所有的事故都可以获得保险公司的赔偿的。换句话说，保险公司赔偿是有范围的。

1. 超出保险合同约定责任范围的事故不理赔。比如，投保普通家庭财产保险，一旦家中被盗，保险公司不予赔偿损失。因为在普通家庭财产保险中盗窃属于除外责任，不在合同规定责任范围内。如果想获得盗窃方面的保障，就应该购买家庭财产保险附加盗窃险。

2. 保险事故发生时，保险合同是否有效，是否在等待期内，与保险公司是否理赔直接有关。

3. 有时候发生的事故看起来在保险合同约定的范围内，但实际不是。比如一些重大疾病保险，合同中对疾病的名称、种类和症状都做了明确的规定，不符合此规定的疾病，保险公司都不予赔偿。

 买保险时最容易忽视的八大细节

细节决定成败，这话一点也不假。买保险也是一样，经济危机的来临，唤醒了很多人的投保意识的增强。为得到保险保障、分红等好处，他们主动去到保险公司和保险代理银行购买保险。但是，这些人有很大一部分缺乏相关的知识，以至于投了保，却达不到自己预期的收益率，甚至还和保险公司发生纠纷。事实上，如果在投保前多了解多问问题，掌握这方面的关键细节问题，就不会吃哑巴亏了。

总体来说，买保险时有八个容易被忽视的细节。

细节一：购买前要了解保险的功能

大家在购买保险时，对任何一种购买的保险产品，都应详细了解其功能，看这款保险究竟是以保障为主，还是以分红为主。通过了解，才会更好地认识该保险产品，想得到保障，就去购买保障型保险，想得到分红，就去购买分红型保险。只有清楚了解购买保险产品的保险功能，才能够在购买保险产品时真正满足自己的意愿。

细节二：看清保障范围，量入而出

在购买保险前，投保人要仔细阅读保险责任，了解购买保险产品的保障范围是否能满足自己的需要是非常重要的。一般情况下，保险责任时间长和保障范围广的保险产品，都意味着投保人需要较长的交费期限。在购买前，你要有长远的打算，如果说没有足够、稳定的财力支付保费，就很容易造成中途无法续交保费，从而导致出现中途必须退保的现象，这样一来，不仅得不到有效的保险保障，而且还要受到钱财上的损失。

细节三：明确合同中的"责任免除"条款

在保险条款中，有明确的"责任免除"条款规定。以某保险公司的某寿险条款为例，在该条款第五条是这样表述的："因下列情形之一导致被保险人身故、身体高度残疾或患重大疾病，本公司不负保险责任：一、投保人、受益人对被保险人的故意行为；二、被保险人故意犯罪、拒捕、自伤身体；三、被保险人服用、吸食或注射毒品；四、被保险人在合同生效（或复效）之日起二年内自杀；五、被保险人酒后驾驶、无有效驾驶执照驾驶，或驾驶无有效行驶证的机动交通工具；六、被保险人感染艾滋病病毒（HIV 呈阳性）或患艾滋病（ADIS）期间，或因先天性疾病身故……"不同的险种在此条表述中，会有一定差别，投保人在填写保单时必须注意是否有相应情况，避免日后出现争议。

细节四：如实告知，不要隐瞒事实

保险业非常讲究诚信，要求保险公司和投保人都必须履行"如实告知"的义务。对于投保人来说，一定要如实回答保险合同中列明的各项问题，可能你一个小小的"隐瞒"，就会失去日后索赔的权利。根据《保险法》规定，"……投保人故意不履行如实告知义务的，保险人对保险合同解除前发生的保险事故，不承担赔偿或者给付保险金的责任，并不退还保险费。"

细节五：不要相信分红险红利

现在，好多保险公司在宣传和介绍自己的分红型保险产品时，对自己分红保险的预期收益一般都会高估。投保人不要轻信合同上那些显眼的数据。一般来说，保险公司的分红型产品的红利分配是不确定的，也没有固定的比率。分红水平与保险公司的经营水平和资本市场状况有关。保险公司只有在投资和经营管理中产生盈余时，才将部分盈余分配给投保人。如此一来，如果保险公司经营不善，那投保人哪里有"红"可分呢？因此，保险公司分红保险的预期收益都是他们的一种假想，一般都达不到所预期的收益。

细节六：退保要趁早

任何一种保险产品，都可能出现投保人在买了以后后悔的情况。其实这也是正常的，因为有时投保人购买保险的原因就是轻信了保险营销员的鼓吹。如果买了保险后发现这种保险产品根本不适合自己，这就免不了有想退保的打

算。因此，投保人在购买保险前必须考虑到退保这一点，而一般保险公司对保险都规定有犹豫期（收到并书面签收保险单起的 10 日内）。在犹豫期内退保，可以取回全部已缴纳保费，保险公司仅扣除少量工本费，所以说对于购买了保险就后悔者，保险犹豫期很重要。

细节七：现金价值需看好

有的人买了保险后，由于各种原因想退保，但是在退保前要仔细掂量一下，一旦退保，投保人就会损失钱财。因此，投保人在投保前应有一个退保损失的心理准备，如果损失小还能承受得起，如果损失太大就得不偿失了。保险公司一般都会有各种保险各年度的现金价值表和各年度所退保险金比例表供保险购买者参考，通过看这两张表，投保人可以算出退保的损失。因此，建议购买保险者一般不要轻易退保，在两年之内退保一般都非常不合算。

细节八：自己签名，不要让人代签

最后，提醒大家一个细节问题，那就是签名。一般除了没有法定行为能力的人（如未成年人），投保人、被保险人、受益人都应该是亲笔签名，不要代签，哪怕是最亲近的人，也不要让保险业务员帮忙填写，以免日后出现纠纷。

 理财小贴士：了解几个保险的关键时间点

保险是一种合同制的方式，投保人在确定合同时候要了解几个有关保险的关键时间点。

第一个是保险空白期，即指从投保人缴纳保险到保险公司出具正式保单之前的这段时间。

第二个是观察期，又称等待期，是指在保险合同生效之后的一定时期内（一般为 90～180 天），保险公司不承担责任，大部分医疗保险保单都有观察期的规定。

第三个是犹豫期，是指在投保人签收保险单后一定时间内（一般为 10 天），对所购买的保险不满意，可无条件地退保并退还相应的保费。它是为了防止代理人的误导和利益夸大。

第四个是宽限期，是指在首次缴付保险费以后，如果投保人在各期没有及时缴费，保险公司将给予投保人 60 天的宽限期限，投保人只要在宽限期内缴纳了保险费，保险合同就继续生效。

投保少儿险避免五个误区

孩子是父母的心肝宝贝，每一对父母都会在孩子的身上倾注全部的精力，吃肯定吃最好的，穿也穿最漂亮的，用也用最时髦的，不过这种养尊处优的教育方法也许并不能给孩子带来好处。我们还是来看看小轩的妈妈是怎么教育孩子的。

儿童节到了，小轩特别期待妈妈会送什么样的礼物给自己，是漂亮的新鞋、新衣服，还是带自己逛游乐场和动物园或者吃麦当劳和肯德基，又或者买一个奥特曼……

妈妈笑着说："这是一份特别的礼物，据说它可以在你出现危急的时候大显身手，像机器猫的魔法棒一样神奇。"小轩迫不及待地等着这份神奇的礼物。原来这份礼物并不是什么魔法棒，而是一份少儿保险。

小轩觉得很奇怪，妈妈为什么给她这样一份礼物。妈妈告诉小轩，衣服或者玩具并不能带给你任何保障，而保险可以帮助你健康成长。少儿保险中包含人身险和教育险，如果平时遇到一些意外伤害，保险就可以发挥它的作用。而且在小轩上学期间所需要的一些与学习相关的费用，也可以定期去保险公司领取，这样爸爸妈妈也就减轻了一定的负担，小轩也能健康快乐地成长。

听了妈妈的这番话后，小轩似懂非懂，但他能体会到妈妈对他的爱。回到学校后，小伙伴们都各自炫耀着自己的礼物，但听到小轩的妈妈给他买了一份特殊的礼物后，小伙伴们都纷纷要求自己的父母给自己买一份这样的保险。

然而，买保险不是一件简单的事情。很多家长爱子心切，会一股脑儿地钻进去，殊不知进入了买保险的误区。具体来说，购买少儿保险有以下几大误区。

误区一：不要重复购买保险

目前，孩子主要面临三大风险：意外风险、健康风险和教育风险。所以，保险产品也可分为意外伤害、健康医疗和教育储蓄三种类型。这些产品的共同特征就是孩子在婴幼儿阶段，就开始给他们提供健康及储蓄保障。最新市场调查显示，在中国城市居民的各类保险需求中，少儿险位列第三，仅次于健康险和养老险。孩子的意外、健康和教育是家长们最为关注的问题。

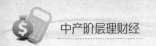

不过，由于儿童保险的种类繁多，这一方面满足了父母投保的需求，另一方面也增加了父母在选择合适险种上的难度。由于少儿险比成人险便宜，于是，一些家长愿意为孩子多买几份少儿保险，这样做，在真正出现险情时并不能起到事半功倍的作用。因为意外医疗险的赔付遵循"补偿性"原则，报销一次以后，第二家保险公司只报销剩余的那一部分，第三家、第四家依此类推。因此，如果多家投保，并不能起到"多多益善"的作用，出险后也将因为超出限额和未履行如实告知义务被保险公司拒赔。

误区二：专挑便宜的险种

在给孩子投保时，不要什么便宜投什么，要明确侧重点、选择最适合孩子特点的险种进行投保。比如孩子的身体素质较差，那么就要优先考虑买医疗保险，以保证在发生意外、疾病的情况下孩子都有相应的医疗保障；比如孩子上学的费用昂贵，那么最好投保教育险。商业少儿教育保险最大的好处就是可以在孩子教育费用最高的阶段，如高中、大学提供充足的教育金。

一般来说，给孩子买保险都遵循先教育后保障的原则。对于教育险，越早投保，孩子越早受益，有的孩子上初中时就可以拿到相应的教育基金了。

误区三：重视孩子的保险忽视大人的保险

一些家长爱儿心切，恨不得为孩子买齐各种保险，以便保他一生平安。实际上，这样的投保理念并不科学。家长才是孩子真正的防护墙。如果只给孩子买保险，却忽略了自己，如果家长出现意外过世，或者丧失劳动能力而无法获得收入，那很有可能连为孩子续保的保费都支付不出，所谓"保险保障孩子"，也就是一句空话了。一旦发生意外，这个家庭失去了支柱，恐怕孩子也无法得到根本保障。

因此，买保险的顺序应该是先大人后小孩。家长在为孩子购买保险之余，不妨考虑一下自己，这样也是对孩子更负责。

误区四：花大钱为孩子买寿险

有些家长倾向于为孩子买终身寿险，以为这样孩子一生就都有保障了，实际上这显得有些本末倒置了。除非你的孩子是秀兰·邓波尔这样的好莱坞天才童星，否则一般并不推荐购买寿险。寿险承保的一般是死亡，保障对象大多是家庭的经济支柱。而孩子基本不可能是家庭收入的主要来源，孩子实际是享受不到终身寿险的收益。另外，现在面市的保险产品不断升级换代，孩子完成学业后的保障应该由其自力更生。

误区五：保额越高越好

在家庭中，儿童不是经济支柱，因此家长无需为孩子的人身安全投下高额保险。我国有明文规定：17岁以下未成年人的身故保额不能超过10万元（部分地区不能超过 5 万元）。但是，医疗险和子女教育金不受此限额的限制。所以，在给孩子买保险时，家长一定要给家庭的经济状况定准位，不要互相攀比。

 理财小贴士：投保少儿保险应注意豁免条款

投保儿童重疾险、少儿教育金保险等少儿保险，最好挑选有豁免条款的保险产品，因为少儿保险中的豁免条款规定，在合同期内，如果投保人发生意外或者因故丧失缴费能力，可以豁免未缴的保费，而且对被保险人的保险保障依然有效。

例如，如友邦保险推出"友邦康乐成长医疗保险计划"，专为出生满 30 天至 17 岁的少年儿童提供专属保障，其中最大亮点为"保费豁免"，即在合同期内，一旦投保人不幸身故或全残，孩子保险计划仍将有效保障至年满 18 岁，在此期间应缴保费将得到豁免。平安保险、泰康人寿、太平人寿等保险公司的少儿险产品也大多包括豁免条款。但是，少儿保险的豁免条款不管是以附加险形式出现，还是直接出现在保险合同条款中，投保人都要为这一额外保障支付保费。

第 3 章
储蓄，人生幸福最基本的保证

人最幸福的事情是什么？有房子住？有车子开？有令人羡慕的职业？都不对。人生最幸福的事情是在身体健康、家庭和谐的基础上，银行里还有大把的钞票存着。在这一章里，理财专家将教你如何聪明储蓄使利息最大化，还有各种储蓄技巧的巧妙配合以及如何打理银行卡等。总之，储蓄是人生幸福最基本的保证，学会储蓄，你将获益匪浅。

 ## 中产家庭资本储蓄方案

中产阶层通常是指年收入 30 万至 100 万的中等收入家庭，一般都是有车有房有稳定收入的一族。工作环境、职业特点和教育背景等因素决定了中产阶层循规蹈矩的个性特点，他们工作勤奋，生活节俭，遵纪守法，但大多数不愿意承担风险，缺少霸主之气，难以成为一方富豪。中产阶层通常都能勤俭持家，生活基本上是富足的，他们花钱都很有计划性，绝不乱花钱，并且很重视家庭储蓄，常常把储蓄作为主要的投资工具。

中产阶层的固有特点在某种程度上限制了其向富有方向的进一步发展，虽然富足但并不富有。那么，在经济危机下中产阶层家庭该如何储蓄呢？

虽然储蓄是一种常见的理财方式，但也要讲科学、合理安排。针对不同的需求，中产家庭应该分别进行有计划的储蓄。理财专家建议把家庭整个经济开支划分为五大类，分别进行安排，使收益最大化。

第一，建立公共账户安排日常生活开支

每个家庭都有一些日常支出，这些支出包括房租、水电、煤气、保险、食品、电话费、交通费以及与孩子有关的开销等，它们是每个月都不可避免的。根据家庭收入情况，可以建立一个公共账户来负担家庭日常生活开销。

公共账户建立后，注意不要随意使用这些钱，相反地，要尽量节约，把这些钱当作是夫妻今后共同生活的投资。为了保证这个公共账户良好地运行，还必须有一些固定的安排，这样才可能有规律地充实基金并合理地使用它。另外，此项开支的资金一般都用活期储蓄的方式存储，其比例大致占家庭收入的35％～40％。

第二，留一些精神娱乐活动开支

中产阶层家庭有点富裕，有点小资情调，还偶尔有点奢华风格，自然避免不了家庭的精神娱乐活动开支。这部分开支主要用于家庭成员的体育、娱乐和文化等方面的消费。设置它的主要目的是为了在紧张工作之余为平淡的生活增添一丝情趣。郊游、看书、听音乐会、看球赛等，都属于家庭娱乐的范畴。

在竞争如此激烈的今天，一家人难得有时间和心情去享受生活，而这部分开支的设立可以帮助他们品味生活，从而提高生活的质量。我们的建议是，这部分开支的预算不能够太少，可以规划出家庭固定收入的10％作为预算。事实上这也是很好的智力投资，如果家庭收入增加，也可以扩大到15％。

第三，预备家庭建设资金

每个家庭都会有大额消费开支，比如购置一些家庭耐用消费品如冰箱、彩电等，为未来的房屋购买、装修做经济准备等家庭建设资金。我们建议以家庭固定收入的20％作为家庭建设投资的资金。这笔资金的开销可根据实际情况灵活安排，在用不到的时候，它就可以作为家庭的一笔灵活的储蓄，可采用定活两便的存储方式。

第四，准备抚养子女与赡养老人的经费

中产阶层虽然都比较富有，但通常都是上有老下有小的"夹心"一族，负有抚养子女和赡养老人的责任和义务。因此，准备这笔经费是必不可少的，它是为了防患于未然而设计的。此项储蓄额度应占家庭固定收入的10％，其比例还可根据每个家庭的实际情况加以调整。

第五，必要的理财项目投资

中产阶层大多有理财意识，他们的收入中有很大一部分是通过理财投资收入的，因此，通过理财项目的投资是实现家庭资本增长的必要手段。投资的方式有很多种，比较稳妥的如储蓄、债券，风险较大的如基金、股票等，另外收藏也可以作为投资的一种方式，邮币卡及艺术品等都在收藏的范畴之内。

理财专家建议以家庭固定收入的20％作为投资资金对普通家庭来说比较

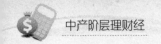

合适。当然，此项资金的投入，还要与家庭成员个人所掌握的金融知识、兴趣爱好以及风险承受能力等要素相结合。在还没有选定投资方式的时候，这笔资金仍然可以以储蓄的形式先保存起来。

总之，每个家庭都有各自的情况，不论何种情况，都要建立自己的储蓄方案。而方案一旦设立，量化好分配比例后，就必须严格遵守，切不可随意变动或半途而废，尤其不要超支、挪用、透支等，否则，就会打乱自己的理财计划，甚至造成家庭的"经济失控"。要知道，世界上很多有钱人都以积累钱财为美德，绝不用光吃光，手头空空。他们的致富秘诀与他们一贯坚持储蓄的方法有关。

 理财小贴士：要养成存钱的习惯

任何一种习惯都是在重复几次后形成的，我们日常习惯的推动力也是由人的意识主宰的。养成存钱的习惯并不是限制你赚钱的才能，而是相反，不仅你赚的钱能很好地存起来，而且给你提供更广泛的机会。

按照世界的标准利率计算，如果一个人每天储蓄1元钱，88年后可以得到100万元。这88年时间虽然长了一点，但真正能够每天储蓄一元钱的话，大都是在实行了10年、20年后，很容易就可以到达100万元。因为这种有耐性的积蓄，你会得到稳定的利益，还会得到许多意想不到的赚钱机会。

 储蓄投资要趁早

城市中产阶层的钱都投在哪些方面？

据一项专业机构调查显示，银行储蓄、股票、基金和保险成为得票最多的理财方式，而债券、黄金、信托等理财方式得票较少。其中银行储蓄仍是中产人群最爱。除成都外，北京、上海、广州、深圳四大城市的受访者选择银行储蓄作为主要理财方式的比例均在80％以上。

在"你的理财风格属于哪种类型"测试中，"稳健型"投资风格在除北京外的其余四个城市受访者中得票率最高，在50％左右，北京受访者仅有20％选该项。

最近一段时间，人民币汇率涨跌不定，内地股市飞流直下，理财产品收益不断降低甚至出现负值，不少中产者都在盘点各种理财产品，寻找使资产保值、增值的途径。然而，众多理财专家给大家的结论是，在世界范围内经济已经步入低潮期后，任何投资方式都是蕴含风险的。这时的投资方式应转向防守型，而其中最具代表性的投资方式就是储蓄。

可见，储蓄，被大多数中产者认为最保险、最稳健的投资工具。它主要是通过本息的累积，来实现财富的增加。但是储蓄也有缺点：第一，收益较之其他的投资偏低，浪费了资金的使用价值；第二，在资金积淀的较长过程中，很有可能被住房、子女教育或其他的消费支出取代，从而影响积累计划。但储蓄对侧重于安稳的中产阶级来说，保值的目的可以基本实现，依然是一种保本零风险的投资手段，一方面能够为自己累积资本，另一方面遇上突发事件时也可以取出来应急。

不过在进行储蓄的同时，也要警惕支出的魔力。根据帕金森定律的解析，随着收入的增加支出也会增加，因此，并不是收入多的人就一定会无条件地成为富豪，钱挣得越多，其储蓄或投资的余地也一定越大，因为支出也可以随之而扩大。

成为富豪的关键不在于挣了多少，而在于支出的合理性。相对来说，尽可能早开始储蓄，这样成为富豪的可能性就更大一些。你一定要记住，20 岁开始储蓄，其所获绝对是 21 岁才开始储蓄的人望尘莫及的。

这一点对于有车有房的中产者来说尤为重要。消费是一个无底的陷阱，你永远都不会知道消费多少才能满足你的欲望，消费得越多你的资产就减少得越快，而储蓄却可以让你的资产增值。

让我们来听一下一位海外基金投资专家沈根洙先生观点："大体上来说，人们在学生阶段只顾着用心读书，进公司之后用心工作，结婚生孩子之后就一门心思地想把房贷还完，把孩子培养好，等这一切全都结束之后，才会考虑到储蓄与投资。然而从这时起再储蓄，无论你存了多少钱，也不管你的投资手段有多高明，都挽回不了你所遭受的损失，即时间效用。因为财富是依靠时间创出来的，一次失去的时间绝对不可能再追回来。"

或许你不能理解，但这却是一个非常重要的问题：储蓄要趁早。从现在就开始储蓄并将它持续下去，你一定能获得满意的成果。当然，你也不用为逝去的时间而感到忧伤，哪怕你已经 40 岁了，从现在就开始储蓄，你仍然还有 30 年的时间。30 年的时间足够筹足一笔丰厚的养老金，让你过上丰富的退休生活。

当然，我们在提倡储蓄的同时，也要进行必要的投资，用合适的投资理财

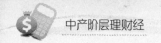

方式使资产得到有效的利用。而储蓄只是理财的一个方面，却是不可或缺的一个方面，它是中产家庭保障的基础，也是投资的资本。储蓄越早，你就越快走上致富的行列。

 理财小贴士：投资要"避免风险，保住本金"

巴菲特曾说过："投资成功的秘诀有三个：第一，尽量避免风险，保住本金；第二，尽量避免风险，保住本金；第三，坚决牢记第一、第二条。"投资者必须留意风险，才会有能力回避风险，然后才有机会去谈收益。

因此，请记住"避免风险，保住本金"这八个字。

 ## 中产家庭要养成良好的储蓄习惯

日本已经有将近 30 年不闻通货膨胀了，由于日元不断升值，日本的通货膨胀率持续呈现负值。现在，日本银行基本上是零利率，然而日本中产阶级的资产目前仍以储蓄为主。为了不受零利率或负利率之害，他们热衷于到海外去，用外币存款。南非、澳大利亚等货币坚挺、利率较高的国家吸引了很多日本公民的个人存款。只爱银行储蓄，是日本人的思维惯性。

几乎所有的人都很清楚，储蓄是成功的基本条件之一，大多数人心中都在想一个问题："我怎么去储蓄呢?"其实储蓄纯粹是一个习惯问题。

养成储蓄的习惯，不仅不会限制你的赚钱能力，正好相反，一旦把所赚的钱系统地存储起来，你就会获得更多的机会，增加你的赚钱的能力。

亨利·福特若不是在年轻时就养成储蓄的习惯，他就不会有本钱推出他的"无马马车"。还有，福特先生若不是存了大笔的钱，并使自己躲在金钱力量的后面，那么他在很久以前，就已经被他的竞争对手吃掉了。

我们每个人都会长大、结婚、生子、工作、变老，每个家庭都要承担该有的责任，一旦有疾病的降临或者遭遇辞工，你的财务状况就会有变动。而家庭储蓄是一个家庭生活保障的基础。养成良好的储蓄习惯，能很好地保障你的生活质量。

人生中有很多理财目标，需要我们提前做好准备。当你面临大额的开支时，如何去解决资金问题呢？储蓄绝对是首选。这点连动物都会知道。几乎所有的动物都会在冬天来临前储备好自己的粮食，准备过冬。因此，储蓄是人生幸福的基本保证。

一般来说，中产家庭要承担购房、买车、子女教育经费以及养老退休等方面的支出，由于他们的消费层次和生活水平相对较高，因此支出也比较大。养成良好储蓄习惯，对中产家庭来说尤为重要。

教育培养子女是父母的责任和义务，望子成龙也是家长们最朴素的愿望。如今，教育储蓄计划已经成为中产阶层的重要理财内容。

从孩子一出生，到托儿所、幼儿园，再到小学、中学、高中、大学，需要很大一笔开支。因此，尽早做好教育投资的打算，是很有必要的。对于收入比较稳定，节余不是太多的家庭，可采取教育储蓄的方式为孩子储备教育基金：根据孩子的年龄，结合你目前的收入状况，采用教育储蓄组合。也可以通过购买保险的方式，实施强制储蓄的方式为子女储备教育经费。

购房、买车也是中产家庭的重要内容。现在，一般的中型城市一套一百平方米左右的房子就得好几十万。这对一个家庭来说就是一大笔开支。然而，通过储蓄来筹措买房首付款的目标是完全可以达到的。比如你的月收入 5000 元左右，可以把收入的 50％ 存入银行，三年之后就可以有八九万元的存款。目前国内绝大多数的银行都能提供按揭贷款（一般最高可达总房价的 70％）。如果你的期望不是很高，可以把首次买房的目标定在中等价位的二手房上，这些存款作为一套中等二手房的首付完全足够了。这样三年过后，就可以拥有自己的住房了。同样，如果你想买车也可以实现，由于汽车总价比房屋总价低得多，因此只要你攒够首付款，两年或两三年的时间就可以买车了。不过，把车开回家不是一件很难的事情，但是长期养车的费用也不少。想要买车需要做好长远计划。

除此之外，中产阶层的养老退休经费也是一个比较大的开支。你知道一个人需要多少钱才能保证自己过上好的退休生活呢？以 3％ 的通货膨胀率，60 周岁退休，来算一下我们需要多少退休金。如果目前是 25 岁，退休后想维持目前每个月 3000 元的生活质量，至少要准备 152 万。如果目前是 50 岁，也至少要 73 万。如此大的未来支出不得不让你提前做好准备。

因此，养老储蓄是一个比较稳妥的办法。例如，你现在 46 岁，你可一次存入 42660 元，或者每月存入 791 元并连续存满五年，即可在你 61 岁开始到 80 岁，每月取款 500 元作为生活费补贴。具体是一次性存入还是按月存入，你可以根据情况自己选择。

另外，平时家庭生活中，中产阶层也要做好家庭日常消费计划。要根据每

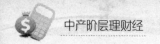

个月的收入情况，留出当月必需的费用开支，将余下的钱按用途区分，选择适当的储蓄品种存入银行，这样可以减少许多随意性的支出，使家庭经济按计划运转。尽量减少不必要的开支，杜绝随意和有害消费，用节约下来的钱进行储蓄，以少积多。习惯一旦养成，你将受益不少。

 理财小贴士：日常消费巧省钱

很多人认为，省钱就是舍不得花钱。其实不然，省钱只是要节约那些不必要花或者不必要多花的钱。省钱是很多家庭最有效的敛财途径。以下是几个常用的省钱途径：一、购物一定要有计划；二、认真挑选便宜货；三、批发各种日常用品；四、巧妙利用购物优惠；五、躲开时髦消费；六、买反季销售的衣服；七、提前预算，防止过度消费。

危机时期中产阶级的艰难抉择

股市缩水，央行降息，房地产价格飘忽不定，生意场风向扑朔迷离……在席卷全球的华尔街金融风暴影响下，你该如何理财？是让闲置资金躺在活期账户上"睡大觉"？还是寻求其他的理财方式更加有"利"可图？

存款、投资？你选哪一个？这是个问题。

2007年的股市一路高歌猛涨，有的大爷大妈都拿出了压箱底的钱去炒股。"把钱存在银行里就是贬值，就是赔钱"的想法，轻而易举地改变了许多人大半辈子的保守理财观念。而如今，当金融风暴席卷而来，又不知何时见底时，人们的理财理念开始趋于保本，存款则成了大众理财的首选方式。在经济萧条的大背景下谈理财，许多人认为首要做的就是"捂紧钱袋子"。一些被股市深套的投资者，纷纷将所投资金割肉减仓，以保住更多本金，为日后购买更便宜的资产创造主动。持有现金的投资者，目前倾向于保本和锁定收益。最常见的做法就是存银行，而不是购买银行的保本理财产品。人们都意识到，银行的保本理财往往让你输掉利息，有的保本只保外币本，还会输掉本金。在锁定收益的项目中，人们大多倾向于国债、有担保的大企业债、银行定期及少量的保本固定收益理财产品。

因而，如何打理这些闲置资金，既不影响投资计划，又能增加收益，是多数中产阶层的愿望。要知道在这个艰难时期，选择储备"过冬"、保本理财、稳吃利息的抉择至少会让你保持目前稳定的生活。

毫无疑问，金融危机下，大众理财第一当然是储蓄。美国哈佛商学院给学生上的第一堂课，就是强调要把收入的60％～70％用于储蓄。事实证明，按照哈佛商学院这条原则走的人，十几年后都积累了相当的财富。不要以为理财是投机取巧，它需要长期踏实的规划。特别遭遇金融风暴，投资充满过多的不稳定因素，储蓄不外乎是一个很好的选择。另外保险也很重要，一些基本险种，如寿险、人身险等必不可少，最好能进行合理搭配。

理财专家建议，当下理财应以稳健为主。理财不是教你怎样暴富，像索罗斯、巴菲特这样的天才，那是教不出来的。中产阶层要踏踏实实，按照一些基本的理财原则去做，会有自己的幸福生活。

但是，从另一个方面来讲，鼓励储蓄的同时并不是过度储蓄，储蓄过头也是一种浪费。从投资角度说，某个投资品的回报率高于银行利率，你太胆小，就是不敢投入，损失的就是该回报率和银行利率之差。从消费角度说，如果你把钱存在银行不去消费，由于CPI涨幅高于银行利率，也就是说物价上涨的幅度高，越存钱能买的东西越少，也就得不偿失了。

因此，适当储蓄是必需的，但超过这个必需的度，也是不必要的。在注重储蓄的基础上大胆消费，是对资金最合理的配置，选择合适的理财产品，也是对拉动内需的最好贡献。

在选择投资方向上，中产阶层也要擦亮眼睛，量力而行。这场金融风暴的源头是美国的房地产泡沫破裂，即次贷危机的加剧。对于中产阶级投资者来说，房地产属于高风险投资，需要谨慎。

以往每当危机发生时，黄金就会因其保值功能受到投资者青睐。但在这次全球金融震荡之时，金价却经常上蹿下跳，连理财专家也看得迷惘。这说明黄金在熊市之际，也很难独善其身。

2008年股市下跌严重，导致许多人亏损巨大，进入2009年很多人对股市已不再像2007年股市爆涨时那么热情了。有人认为，由于受美国金融危机的影响日益加深，上市公司面临盈利下降，经营困难，因此股市不会出现好转，甚至还会看得十分悲观。但是在各级政府强有力的救市措施下，我国经济有一些复苏的迹象。但股市的理财收益明显大于风险，需要三思而后行。

与扑朔迷离的股市相比，目前投资指数型基金和国债似乎是一个不错的选择。基金与国债没有股票那么大的风险，收益也大于存款利息，因此建议长期持有。

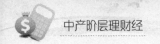

 理财小贴士：开源节流，储备"过冬"是危机时的对策

买了车又退掉，4S店员已经习惯接手退订业务；LV专卖店已经很难出现排队进入的状况了……由于股市一路下跌、房市不景气，中产阶层们都捂紧了钱包准备"过冬"，也开始"勤俭"过日子，不再把消费停留在"超豪华"层面，除非十足必要，否则暂停大笔开支，积累比以往更多的粮食"过冬"，早点让自己的生活质量下一个台阶并维持，比到时候猛下 N 个台阶要强。因而，依靠"节流"来应对经济寒流给自己造成的损失无疑是危机时的必要对策。

 ## 聪明储蓄，让资产在低息时期增值

目前，银行的储蓄利率相对来说都很低，这就使很多原来依靠储蓄来进行利息增值的人多少有点失望，因为辛辛苦苦存下来的钱存在银行，一年后发现没什么变化。面对这种情况，你该怎么办？

在这里给大家支几招，教你聪明储蓄，让资产在低息时期增值。

第一，存款期限不要过长

目前人民币存款利率已达到或接近谷底，再次降息的可能性已很小，而在不久的未来人民币利率上调的空间和可能性却已增加了。因此，理财专家建议中产阶层目前存期的选择上应以存中短期为主，对大额不动的资金可选存一到两年期，小额不动的资金可选择存半年至一年期，以静观动，这样在利率回调的时候不会因为储蓄年限的不协调而错过机会。

第二，学会自动转存的方法

现在，由于人们生活的节奏加快，资金流动比较频繁，常常会有人记不清家中哪笔存款哪天到期，而按银行计息规定到期后逾期未取时间一律按活期利率计息。如果存款到期后忘记去转存，且金额较大、又逾期时间很长，将会蒙受较大的利息损失。

这里建议使用自动转存的方法，这样当你忙起来而忘记什么时候存单到期时，银行会对其进行自动转存，存款以转存日的利率为计息依据。这样既可避免到期后忘记转存而造成不必要的利息损失，又能省去跑银行转存的辛苦。

这种方法的好处很多，特别是在去年的连续降息过程中，自动转存可保证恰恰到期的大额储户的最大利益。如果是期限长、金额大的自动转存收益将更为可观。

第三，活用外币存储

从小额外币存款利率看，在相同的存期内，不少外币存款利率要高于人民币存款利率，比如美元、英镑、港币等。因此，在连续降息的大环境下，可以考虑适量存储一些外币来弥补人民币利率过低所造成的利息损失。

存储外币储蓄时，不要乱买乱卖，而要讲究方法。一是要按"货币汇率稳定，存款利率又高"的选储原则；二是要选择利率浮动高的银行，目前各家银行上浮幅度并不一致；三是存期选择应"短平快"，一般不要超过一年，以三到六个月的存期较合适；四是存取方式应"追涨杀跌"；五是币种兑换应少兑少换。

第四，进行教育储蓄

教育支出是中产家庭较大的一笔开支。很多家长为了让孩子享受更好的教育花了很多的钱，而做好教育储蓄计划，会在需要教育经费时帮上大忙，同时也能帮你养成良好的储蓄习惯。

教育储蓄具有利率优惠、收益高的特点。一年期、三年期按开户日同期整存整取定期利率计息，六年期按开户日五年期整存整取定期利率计息。今后孩子升学若遇资金困难，还可向开户银行申请"助学贷款"，银行将会优先给予解决。一般情况下，一年期、三年期适合有初中、高中以上学生的家庭，六年期的适合有小学四年级以上学生的家庭开户。中产家庭应该尽早给孩子做好教育储蓄计划。

第五，以组合储蓄获利

1. 利滚利存储法

这种方法是将存本取息储蓄和零存整取储蓄相结合的一种储蓄方式，即将资金一次存入一个存本取息账户，同时，开一个同样期限的零存整取账户，每月将存本取息账户的利息取出再存入这个零存整取账户。通过这样的组合使得一笔钱生两份息。

2. 四分储蓄法

这种方法是一种非常简单的止损储蓄方法。考虑到定期储蓄提前支取会遭受利息的损失，可以将一笔资金存成不等金额的数分。简单举个例子，可以把10万元分别存成1万元、2万元、3万元和4万元这样的4份。需要的时候只需动用相应金额的存单即可，避免了不必要的利息损失。

3. 阶梯存储法

目前利率较低，似乎存款期越长获利越多，但是又担心利率上调导致损失

的可能，因此不妨采取这样的方式。具体操作方法是：如果你有 6 万元准备定期储蓄，可以分成 3 个 2 万元分别存成 1 年、2 年和 3 年三个账户。一年以后，可以将到期的 2 万元再去开设一个三年的账户。以后年年如此，3 年以后，手中的存单均为 3 年期，只是到期年限一次相差 1 年。

 理财小贴士：1000 元有几种存储方法

10 年不用的 1000 元，你有几种存储方法？聪明的你知道怎么存会使利息最大吗？

方法一：先连续存 3 个三年期定期，到期以后连本带息再续存 1 个一年期定期，10 年后可得本息 2085.45 元。

方法二：先存 1 个三年期定期，到期后本息转存五年期定期，到期以后本息再转存两次一年期定期，10 年后可得本息 2105.77 元。

方法三：先存 1 个五年期定期，到期以后本息再转存三年期定期，到期以后本息再转存两次一年期定期，10 年后可得本息 2105.96 元。

方法四：先存 1 个八年期定期，到期以后本息一块儿转存两个一年定期，10 年以后可得本息 2108.94 元。

方法五：先存 1 个五年期定期，到期以后本息再转存 1 个五年期，10 年以后总共可得本息 2155.02 元（这是五五存储法）。

 ## 金融危机下如何使存款收益最大化

你会存钱吗？

金融危机之下，越来越多的人选择将钱存入银行。据某银行公布的数据显示，2008 年 9 月份该地区存贷款均保持增长势头，其中定期储蓄存款持续坚挺，占存款净增总额的四成，这表明在股票、基金等投资收益明显趋少的情况下，大家的储蓄意愿不断增强，储蓄存款回流稳定。

那么，你知道如何储蓄能使利息最大化吗？要知道一年定期存款利率比活期存款利率高出很多，坚持下来，利息就会很快增加。特别是在目前股市下跌、楼市低迷、通货膨胀的情况下，选择科学的储蓄方式显得非常重要。

很多都市白领习惯将每月的节余积攒到较大数额再存定期，这种做法并不可取。闲钱放在活期账户里利率很低，积攒过程中无形损失了一笔收入，不妨利用"12存单法"，让每一笔闲钱都生息。操作上，可将每月节余存一年定期，这样一年下来，就会有 12 笔一年期的定期存款。这种储蓄的好处是从第二年起每个月都会有一张存款单到期供你备用，如果不用则加上新存的钱，继续做定期。这样既能比较灵活地使用存款，又能得到定期的存款利息，是一个两全其美的做法。假如坚持下去，日积月累，就会攒下一笔不小的存款。假如每月节余 1000 元，一年攒下 12000 元，活期收益仅 86.4 元，按"12存单法"操作，一年期利率 3.6％，可得利息 432 元。这里仅做一个示例，你可别小看了这几百块钱的利息，假如你每月节余 1 万元呢？

　　如果说"12存单法"适合存每月工资节余，另一种"阶梯存款法"则适用于年终奖。假如你的年终奖金有 5 万元，可以把这 5 万元奖金分为均等五份，各按一、二、三、四、五年定期存这五份存款。当一年过后，把到期的一年定期存单续存并改为五年定期，第二年过后，则把到期的两年定期存单续存并改为五年定期，以此类推，五年后你的五张存单就都变成五年期的定期存单，而且每年都会有一张存单到期，这种储蓄方式既方便使用，又可以享受五年定期的高利息，是一种非常适合于一大笔现金的存款方式。假如把一年一度的"阶梯存款法"与每月进行的"12存单法"相结合，那就相得益彰了！

　　如果你手中有大笔资金，还可将存本取息与零存整取两种储蓄方式结合，可实现利滚利。比如你有一笔 5 万元的存款，可以考虑把这 5 万元用存本取息方法存入，在一个月后取出存本取息储蓄中的利息，把这个月的利息再开一个零存整取的账户，以后每月把存本取息账户中的利息取出并存入零存整取的账户，这样做的好处就是能获得二次利息，即存本取息的利息在零存整取中又获得利息。

　　此外，还可充分利用银行通知存款、约定转存、部分提前支取功能，避免利息损失。

　　通知存款类似于活期，但利率远高于活期，只需提前 1 天或 7 天通知银行，便可支取，只是需 5 万元起存。手头有大笔资金准备用于近期（三个月以内）开支的，可用该方式。

　　如果对未来资金的需求周期或数目不太确定，不妨试试银行的"定活约定转存"业务。存款人可在银行设置一个转存起点和转存账户。以转存起点 2000 元，转存账户一年定期存款为例，只要活期账户上的资金超过 2000 元，多余的部分就会自动转进一年期的定期存款，获取一年期定期存款的利息。活

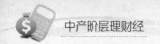

期账户上的资金不足 2000 元，银行会自动将资金从定期账户中"调度"到活期账户上，满足存款人的需要。

如果定期存款到期前急需用钱，又要尽可能减少损失利息，可以使用银行的"部分提前支取"功能。储户可根据自己需要，仅支取一部分存款，剩下存款仍可按原有存单存款日、原利率、原到期日计算利息。

总之，银行储蓄是一个大学问，其中包含了很多奥秘。习惯了住宽敞明亮的房子、开私家车出行的中产阶层在金融危机时期也要缩紧口袋，学会精明储蓄，熟练运用各种储蓄方式打理自己的钱财，长久下来就能积累不少财富。

 理财小贴士：有关储蓄的小知识

一、活期存款每年 6 月 30 日为结息日，结算利息一次，并入本金起息，元以下的角分不计利息。

二、如果定期存款恰逢假日到期，造成储户不能按时取款，储户可在储蓄机构节假日前一天办理支取存款，对此，手续上视同提前支取，但利息按到期利息计算。

三、存期是从存入日算起至支取前一天止，存入的当天计息，支取的当天不计息，习惯上称"见头不见尾"。

四、储蓄存款天数按"1 个月 30 天，1 年 360 天"计算。不论大、小、平月，每月均 30 天计算，每年按 360 天计算。30 日及 31 日视为同一天，不算过期一天；31 日到期 30 日来取也不算提前一天。

五、各种定期储蓄存款，在原定存期内，如遇利率调整，不论调高调低，均按存单开户日所定利率计付利息，不分段计息。活期储蓄存款如遇利率调整，不分段计息，以结算日挂牌公告活期存款利率计付利息。

六、各种定期储蓄存款，不论提前或逾期支取部分，均按支取日挂牌公告的活期存款利率计付利息（通知储蓄存款除外）。

 ## 精明消费，"租"对金融危机

如果你很富有，却还没富到拥有一辆兰博基尼跑车的程度，那么当你需要出入某些高档场合时，也许你会考虑去租借。

没错！

在"美型主义"盛行的意大利，一直提供奢侈品出租服务的"圈子"俱乐部正在受到许多"中等"富人欢迎。法拉利跑车、游艇、名家画作，这些以往只有巨富才能拥有的顶级奢侈品只需要会员支付一定会费即可租用，从而使这些"中等"富人在公共场合更加外表光鲜。

38 岁的意大利人米歇尔·劳奇是一位事业有成的债券基金经理。不过，当他需要出席一场华丽宴会或品酒会，或是周末去郊外时，他都会去"圈子"俱乐部租车。虽然劳奇也算是个富人，他在三座欧洲城市拥有房产，还有一座乡间别墅。但是他也还没有足够实力拥有这些车。因此，精明的他选择了租车来打扮自己。

金融危机的到来让很多原本喜欢购买的消费者都调转方向，改为租用。近来，美国时兴一种实行会员制的网上租赁店铺，里面有很多一流的名牌手袋、项链等女士喜爱的饰品配件。你只要缴纳一定会费，就可以选择拥有各种各样的名牌手袋一段时间。这样可以让不舍得买名牌货的女生们过一把名人瘾，天天穿不同的名牌上班逛街都没问题。

当然，不同的货品所定下的租赁费用也大不一样。比如，很受年轻白领欢迎的"最潮先锋"系列（包括手袋、项链等），大概每月需要 20 美元的会费；要租 gucci、nine west 等美国牌子的手袋，会费就要升到约 50 美元一个月。如果你想租"温柔公主"这个系列的话，商家也很贴心地准备了著名的 cole haan 鞋子，不过价钱要升到约 100 美元。但是不管怎么样，还是比自己买一件要便宜多了，还能天天换新款，实在是"喜新厌旧"女生的最爱。

与租衣服、手提包和汽车相对比的是租房子。金融危机的到来，让很多人的经济一下子缩水了，原本打算买房的人由于资金不足改为租房。据有关资料调查，美国约是 60%，瑞士是 42%，英国是 46%，也就是说，这些国家有将近一半的人是住在出租房里。因为高昂的房价迫使他们更多从经济考虑住房消费。这也提示我们：居住消费未必是每家都有一套房子。

如果你是那种能买得起房但经济实力不强的家庭，在买房或者租房前要仔细斟酌。这里有两个指标供你参考。第一是房价与房租的比值。假设这套房子用来出租，十年至十五年能收回购房成本，就是值得买的。第二是房价收入比。在成熟市场国家，一般认为房价在年收入 6 倍以内比较合理，高于这个比例则房价虚高。用这两个标准衡量，现在很多房子可能都不宜买，绝对情况下，可能会出现一辈子租房比买房更划算。

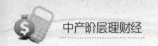
因此，在当前经济不太乐观的形势下，建议大家不要冲动消费，一切要从经济角度出发，尽可能地用租用的形式应对大额消费，做一个真正的精明消费者。同时，很多事例都证明危机中必然有生机，聪明的你可以从市场中寻找到发展的机会，以尽快渡过这个冬天。

 理财小贴士：坚持正确的消费原则

很多人都会奇怪为什么自己不比别人少工作，也不比别人少挣钱，为什么每当看计算节余的时候，自己往往是空空的没多少剩余呢？也有人会说，这说明自己能挣钱，也能花钱。其实，仔细想想关键还是自己的消费太多，并没有一个合理的正确的消费原则。在没有原则的消费之下，自然会有不少钱不知不觉地消费完了，自然也就没什么节余了。

因此，不管处在何种经济环境下，都要坚持正确的消费原则。要不然，大环境没乱，你自己倒有经济危机了。

信用卡使用谨防陷阱

我们生活周围有很多的陷阱，买东西会缺斤少两，因为缺乏道德的小商贩想靠这个挣钱；去商场、超市购物，到处是买200返50的商场券，但是逛回来坐下来安静想想，还是羊毛出在羊身上。于是乎，我们很担惊受怕，生怕一不小心就掉入陷阱，上了商家的当。

不过，即便会遭遇很多次的上当，银行总不会骗人吧！银行毕竟是国家的职能机构，它是为大众服务的。但是，最近有很多持银行信用卡的人大呼"上当"。原来，小小的信用卡也暗藏着各种陷阱，稍不注意就有可能影响自己的信用记录。那么，我们一起来看看，信用卡使用有哪些陷阱呢？

陷阱一：一张表格来了五张信用卡

在公园里来了一个某银行信用卡推广的业务员，正在和邻居们健身的刘老师很有兴趣地听起了业务员的"演讲"。在业务员的鼓动下，刘老师在和邻居运动的间隙，匆匆填写了姓名住址和身份证号码，申请办理一张信用卡。一个月后，刘老师收到了五张不同类型的信用卡。刘老师感到蹊跷，打电话到银行客服咨询，发现五张信用卡全都要付年费，一张 100 块，还是三年制的。可是，刘老师明明只要一张信用卡，怎么会多出四张呢？

显然，这是业务员违规操作的结果。信用卡业务员的素质参差不齐，很多人为了完成业务指标，诱导客户在申请办理信用卡时，稀里糊涂地签署了多份文件，其实这些经用户签署的文件很可能是办理其他信用卡的申请表格。因此，建议大家在办理信用卡时，宁可多花点时间，也一定要看清楚需要签署的各份文件的内容，不要多签其他无关文件，以防别人盗用你的个人信息和签名去申请办理其他的信用卡。

陷阱二：签名和密码难保安全

随着信用卡的大量出现，很多大型商场、超市对于信用卡都是"一刷了之"，并没有严格核对信用卡上的签名。许多收银员在持卡消费的顾客尚未在账单上签名前就已将信用卡归还，很少看其信用卡背面的签名，更谈不上核对签名是否一致。有的名字甚至写错了，收银员都不会在意。这样的随意行为很让消费者担心，因为签名和密码很难保全。

在这里，建议大家在信用卡上一定要记得签上自己的名字，签名最好有一定特色，不易模仿，如果觉得仅仅依靠签名不安全的话，持卡者可以选择设置密码加刷卡签名的"双保险"信用卡。

虽然多数国内银行为信用卡提供密码功能，但"加密"信用卡一旦出国，密码即会失效，即便在国内，如果碰上外卡（非银联）线路，密码也会形同虚设。

陷阱三：免年费只免一年

2005 年，张阿姨在沃尔玛超市里办了一张沃尔玛交通联名信用卡，由于家住得离沃尔玛超市很近，据说这张联名卡的积分可以换成沃尔玛超市购物券，所以就办了。后来事情多了张阿姨就忘记了手里还有这张信用卡，就一直没激活，而且业务员明明告诉她不开通信用卡就不用付年费。然而，第二年一张来自交通银行的催缴年费单让她措手不及，打电话到客服咨询，得到的答案是不管有没有开通，都要收年费，只是第一年免年费，如果第二年刷卡刷满六次，可以免去次年年费。这样的回答让张阿姨感觉像是上当受骗一样，现在她只能要么付清年费，然后注销，要么就先激活信用卡，再刷满六次。

事实上，平时生活中像张阿姨这样的情况很多，很多人办了信用卡而没有激活，却被无形中催缴年费。针对这种情况，理财专家建议大家办理信用卡前，最好仔细阅读信用卡合约内容及相关承诺，而不是光听业务员的口舌弹簧。办了信用卡如果不想使用，最安全的方法还是打银行的客服电话进行销

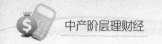

卡，销卡不收取费用，而且不会影响个人信用记录。

陷阱四：小心分期付款的美丽承诺

目前不少商场与银行合作开展了信用卡免息分期付款的业务，让很多消费者冲动起来，特别是看到大额的中意的商品，即使没有钱也要用信用卡先买下，再实行分期付款。但是，很多消费者并不知道分期付款在约定的付款期内银行不收利息，却要收取一定的手续费。如果选择更长时间的分期付款，消费者需向银行支付的手续费甚至可能超过银行的贷款利息。另外，各银行规定，如果消费者分期付款购买的商品需要退货，银行不退还已经支付的手续费。

因此，建议大家在购买大额商品前要三思，看看是否真的需要它。如果真的要买则应注意了解银行的分期付款条件，包括分期付款是否免除手续费、手续费的费率及计算方法，以及商品出现质量问题，商场同意退换货后如何进行退款等。

据了解，各家银行的分期付款手续费有所不同。目前银行收取手续费的方式有两种：一种是以月手续费的方式平均每期收取，农行、建行、交行等均采取该形式；另一种则是在缴付首期款时一次性收取，以工行、中行和招行为代表。另外，手续费率标准不仅各家银行略有不同，选择不同的分期期数，享受到的费率也不同。其中分 24 期还款的手续费最高的则是广发银行的 21.6%。因此，持卡人选择分期付款时，应慎重考虑分期期数以及手续费，选择适合的信用卡分期才能更加合算。

陷阱五：超过信用额度要付"超限费"

信用卡是有一定刷卡额度的，超出一定范围就要付超限费。但是很少人知道超限费，以为信用卡不能刷了就表示要还钱了。殊不知，在你多次的刷卡过程中，粗心的你并不会记得每次的刷卡金额，因而会造成刷爆的后果。

因此，建议持卡人平时应该养成良好的理财习惯，对自己的每笔消费做到心知肚明。如果一时急用，持卡人也可以向信用卡中心申请，临时提高信用额度。

陷阱六：弄清还款的门道

目前信用卡的计息方式是与国际接轨。信用卡透支作为贷款业务需要向银行缴纳利息。在国外，人们把信用卡看作个人信用的一大标志。如果个人违约，不用说是一天，哪怕只是一秒钟，也是违约的。

但是有的人给银行还钱时只还整数，以为几元几角几分可以不还，殊不知，时间一长这小小的一笔钱让自己支付更多的利息。因此，专家建议大家还款之前一定要明确还款数额，如果嫌麻烦可以办理自动还款业务。

理财小贴士：给信用卡持卡人的10条安全建议

1. 不要将信用卡借给他人使用；

2. 不要将卡号、密码、有效期等重要个人信息告知陌生人；

3. 不可轻信可疑的信函、电子邮件、手机短信及电话等，若有任何疑问请立即拨打银行24小时热线电话；

4. 刷卡消费时卡片应始终在你的视线范围内；

5. 签名前要仔细核对签购单上的卡号和金额；

6. 签购单上的签名应与卡片背面的签名一致；

7. 不要在空白签购单或在未填妥金额的签购单上签名；

8. 交易取消时，应确认签购单已销毁；

9. 签账后确认商店人员交还的卡片确实是自己的卡片；

10. 收到当月对账单前注意保存签购单存根联，以备核对信息。

巧用信用卡省钱又省心

信用卡是一个鼓励提前消费的产物。当购物需求超出了支付能力，可以向银行借钱，信用卡就是银行根据你的诚信状况答应借钱给你的凭证，信用卡将提示你可以借用银行多少钱、什么时候还。信用卡也将记录你的个人资料和消费明细，以便提供全方位理财服务。

不过，如果到现在对信用卡的认识还仅仅停留在透支和刷卡消费等基本功能上，那就真的落伍了。因为，信用卡除了简单的透支功能外，如果运用得好，它不仅能省钱还省心，还可以帮你巧妙赚钱。

一起来看看吧！

第一，充分利用免息期

现在，很多人都有一张或者好几张信用卡。用信用卡消费方便，而且次月可以用工资还款，即使还不上的话，信用卡还有免息期限。比如一张信用卡的银行记账日是每月的20日，到期还款日是每月的15日。那么，如果是在本月20日刷卡消费，到下月15日还款，就享有了25天的免息期；但如果是本月21日刷卡消费，那么就是在再下一个月的15日还款，也就是享受了55天的免息期。而在这55天的时间里，持卡人在享受着无息贷款。在此期间，我们就可以利用免息的好处，让这笔钱替我们赚钱。比如用银行的钱买自己需要的东西，而自己的钱却可以在免息期内做投资为自己创收益，最少还能为自己赚点活期利息。如在申请信用卡的时候可考虑申请两张以上各不相同结账日的卡，这样就可以利用不同卡消费，在拉长还款日期的同时，利用自己的钱在免息还款期内做其他投资。

但是，当你爽快的刷卡消费的时候，还要掌握透支免息期限，以免发生不必要的损失。许多银行发行的信用卡都有 50 天或 56 天的透支免息期，但不同的银行对免息期的计算方法有所不同。因此，建议办理信用卡时应仔细审查其协议，一旦签字则视为接受相关条款并具法律效力，避免错计免息期而付出不必要支付的高额利息。如果担心自己会忘记到期还款日，可以在办理信用卡的时候，设定自动还款功能，即银行在免息还款期限临近的时候自动完成还款，这样就不用担心会有利息损失了。

第二，巧用信用卡记账，培养良好的消费习惯

使用信用卡消费有一个最大的好处是，到了月底，你可以把上个月所消费的记录统统打印出来，进行总结分析，看看哪些消费是非理性消费，哪些是理性消费。检查完后就可以知道存在哪些不理性的消费行为，哪些可以延后消费、哪些根本就不应该消费，做到心中有数，慢慢使购物消费变得容易控制，形成良好的消费习惯。

第三，选择合适的联名卡

很多银行为了加强与商户的联系，往往会推出联名卡，这类卡除了可以换取消费积分，还有一个更大的好处就是购物可以打折，这种折扣不同于商家的日常促销，联名卡的性质跟会员卡的性质一致。如果你是女性客户，还可以选择一些女性卡，比如广发真情卡、中信魔力卡等，这类卡有高额的女性保险，或是一些意外住院险，或是高额积分。如果你经常坐飞机，可以选择一些航空公司的联名信用卡。这些卡可以凭消费积里程，达到一定的里程规定后，还可以申请免费机票，仓位升级等等。

第四，充分享用信用卡增值服务

现在很多银行的信用卡都有一些增值服务，特别是临近节假日。比如中国银行的中银信用卡就涵盖餐饮、娱乐、健身、购物等各类特约优惠商户，持卡人可凭中银信用卡卡号享有携程旅行网会员待遇，还有赫兹国际租车公司的特别租车优惠服务等多项服务。

除此之外，很多银行为鼓励持卡人多刷卡消费，一般都有消费积分活动，比如消费 1 元钱可以换得 1 分积分，有些活动期间消费 1 元钱还可以换 2 分积

分。当积分达到一定程度可以获得奖品，或享受其他优惠措施。

理财小贴士：不要往信用卡里存钱

有的人觉得每月要还款很麻烦，或怕忘记还款，干脆提前往信用卡里打入一笔大款项，让银行慢慢扣款。其实，这是一个误区。除非你即将有很大一笔消费额度，否则最好不要在信用卡里存放资金。根据银行的规定，信用卡账户内的存款是没有任何利息的，信用卡提取存款时需要支付提现手续费，境内提现手续费为取现金额的1％～3％不等，最低2元，最高50元。

因此，持信用卡取款时，应坚持"用多少取多少"的原则。如果持卡人透支取现，不仅要支付提现手续费，而且还需要每天万分之五的透支利息。

第4章
投资量力而行，在安全基础上保值增值

　　中产阶层人士大多都喜欢理财投资，但是投资也要量力而行，一口气吃不成大胖子。投资应该在保障安全的基础上进行保值增值，要不然钱没赚着，倒把老本赔进去了，那可不妙！

 ## 投资是中产的行为标志

　　中产阶层作为支撑社会的中坚力量，他们的生活是节制之下的纵容，他们的财富是责任之后的富足，他们的消费是常规之内的奢侈，他们的理想是低调修饰过的个性，他们努力工作，但不会艰苦朴素，鄙夷纵情声色但不介意表达爱意，可以废寝忘食但也要享受最美好的一切。

　　作为中产阶层，他们绝不允许自己的生活是流水线生产，喜欢优雅、惬意的生活空间。如果去谈生意一定会选私人会所，安静、私密，又不显过于隆重。中产阶层最本质的特征就是"比上不足比下有余"。在"比上不足"的时候，他们会表现得像林黛玉初进贾府，处处小心谦逊得体，而不会像刘姥姥进大观园似的，咋咋呼呼丑态百出。而"比下有余"是因为中产阶层精于家庭理财。家庭理财在他们的生活中占了首屈一指的地位，本身家庭收入已是不菲，既不做购物狂，更不是守财奴，而是审时度势，瞄准机会实施出击。因此，投资是中产阶层的行为标志。

　　所谓投资，就是"让钱活起来，让钱生钱"。隋晓明先生在《积习》一书中说："投资是现代生活中最敏感、活力最强的一件事，也最能体现出人的观念差别。"

　　在通往幸福、富裕的路上，中产阶层较早地迈入了富裕之列，怀抱着金娃娃，拥有较高的收入，就必然有个消费投资的问题。中产阶层绝不会让钱闲着，把钱存在银行里利息很低，增值太慢，简直是一种浪费，坐吃会山空。一旦他们有了一定数目的余钱之后，他们往往就会思考着如果去进行投资生财，主要体现在以下几个方面。

第一，偏好流动性较强的投资，比如股票和基金

作为比较理性的投资者，中产阶层尽管对股市显示出日益剧增的兴趣，但是，上市公司信息披露不规范、股票价格被操纵、大股东侵权、券商服务问题等因素会造成其权益受损，因此，相对来说，股市的风险性和娱乐性仍然是吸引他们的主要因素。"赚了还是赔了无所谓"，是大多数中产阶层目前对待证券市场的态度。

第二，喜欢投资房地产

虽然中产阶层大多是有房有车一族，但是这个群体还是喜欢购买房产。虽然房产的流动性较差，而且近年来房价的飙升和直线回落让人多少有些担心，但是毕竟投资房地产的心理压力较小，有利于保值。另外一方面，投资房地产，自己拥有产权的同时，还可以出租，获得一定的定期收入。

第三，喜欢艺术，爱上收藏

一般来说，稍微有点雅性的中产阶层都非常喜欢艺术，无论他们自己是否真的具备这样的欣赏能力，他们都会在自己的居室里摆一些标志性的东西，比如一架钢琴或者一个青花瓷瓶。因此，他们会喜欢收藏，比如收藏酒瓶子，或者收藏红木家具，偶尔也去古玩市场或者拍卖行转转，说不定还能淘到极具性价比的古董、字画。

如果有一天，你在证券交易所买股票时看到了一个人，后来买房的时候又看到了一个熟悉的身影，再后来去古玩市场上溜溜时又看到了同一个人，不妨直接上前打声招呼："嘿！中产阶层。"这时，他一定回过头来，微笑着对你说："嘿！你不也是吗？"

理财小贴士：中产阶层的五大投资理念

一、有了余钱就应该考虑去进行投资，不把钱存在银行。

二、投资要讲理性，发财要靠头脑，盲目投资不如不投资。

三、实力是投资的基础，善于规避风险才是经济人。

四、投资不一定立竿见影，但是发财就发大财。

五、实际的投资中，既要注重增值更要注重保值。

 应正视投资的赚与赔

一个炎热的夏日，狐狸走了一整天还没有寻找到食物。不知不觉，狐狸来到了一个果园，看到葡萄架上挂着一串串晶莹剔透的葡萄，饥肠辘辘的狐狸馋得直流口水。

狐狸想："我正口渴呢。"于是它后退了几步，向前一冲，跳起来，却无法够到葡萄。狐狸后退又试，一次，两次，三次，但是都没有得到葡萄。狐狸试了一次又一次，都没有成功。最后，它决定放弃，它昂起头，边走边说："我敢肯定葡萄是酸的。"

故事中，狐狸由于自身能力和条件的限制吃不到葡萄，但是它并没有停留在失败的沮丧上，反而坚决地认定"葡萄肯定是酸的"这一事实，迅速地调整好自己的心态，从而继续新的尝试。

在我们投资理财的过程中，抵制难以抗拒的诱惑或陷阱是非常必要的，因为许多诱惑往往会带给我们负债或者是不良的心理影响，反而不利于我们进行良性投资。

然而，投资之所以有着巨大的吸引力，就是因为可以通过它获取利润或回报。但什么是令人满意的回报呢？你能否拍拍胸脯说赚100万元就是满意的回报呢？这关键是要看在什么基础上来评价和衡量。就拿100万元来说，如果1000万元在两年内赚回100万元，就要比200万元在一年内赚回100万元要差；因为前者的回报率是两年10%，而后者却已达到一年50%。

你可能会想，如果投资股票赔了20%，只要等股票回涨20%就又打平了。其实不然，由于你的资金赔掉了20%，剩下的只是80%，以本钱的80%想赚钱打平，所要赚回的是剩下的80%的四分之一，即20%。因为80%的20%只有16%，因此必须再涨25%才能捞回已损失掉的那20%。

或许你不会太在意赔掉的几个百分比，但万一你赔去了投资额的一半，要做到回本就要以所剩资金再赚回一倍（而不是50%）方可，如果赔掉了75%，就必须赚回所剩资金的三倍。如果赔钱后再想捞回来，要比想象得难得多。

对于投资理财来说，一个重要的问题是要求你能够像狐狸一样，正确看待投资赚与赔、得与失之间的关系，这样才能将可能发生的亏损所造成的伤害减至最小。

索罗斯的合伙人、量子基金的创始人之一罗杰斯说过："钱就像扔在地上等着你捡的时候，才是最好的出击时机。"世界上所有成功的投资大师都有一个共同特点：耐心。耐心从本质上讲就是不计较眼前的得与失，抵制短期的、表面的诱惑，放眼长远。一个没有耐心、经不住风雨、容易被眼前的利益冲昏头脑的人，很难在经济浪潮中特别是经济低迷时期找到投资的曙光。

 理财小贴士：瓦伦达心态

美国著名高空走钢索的表演者瓦伦达，在一次重要的表演中不幸身亡。事后，他的妻子说，她预感瓦伦达这次要出事，因为他在表演前总是不停地唠叨说这次表演太重要了，千万不能失败。而以前每次成功的表演前，瓦伦达只是一心想着如何走好钢索。后来心理学家把这种不专心做好事情、对结果总是患得患失的心态叫做"瓦伦达心态"。同样，对于投资理财来说，太计较赚与赔的关系反而会失去更多。

 ## 记住投资的72法则

2008 年，一场全球的经济危机，让很多人都勒紧了裤腰带过日子，同时不断放眼四处，搜寻发财致富的机会。成为富翁的美梦每个人都有，到底应该怎样来安排自己的财富投资？理财专家告诉我们：理财投资请记住 72 法则。

72 法则是投资的一条金科玉律。由来已久，投资界有一句话，如果你会使用 72 法则，就很有可能成为富人。

简单地说，72 法则就是以 1％的复利来计算，经过 72 年以后，你的投资本息就会变成原来本金的 2 倍。它的计算公式是：

本金翻一倍的年数＝72÷投资收益率（不加％）

通常情况下，通过正常的投资途径比如储蓄实现资产翻番，按照当前一年期定期存款利率 2.25％，投资收益翻番需要的时间为 72÷2.25＝32 年；如果全部投资于年均回报率为 4％的国债，则本金翻番需要 18 年。

要想实现家财的增值，就要转变传统的"有钱存银行"的观念。投资者应该根据自己的风险承受能力，尽量选择收益高的理财产品。

如果投资于增长型的投资工具（例如债券基金和货币基金），若每年有

12％的平均报酬率，那么 6 年后就可以使你的钱加倍，也就是 72/12＝6。再如：你有 10 万元闲置资金可用来投资，某投资工具的年平均报酬率为 15％，利用 72 法则很快就可以算出，经过 4.8 年 10 万元就可以变成 20 万元。

不过，72 法则在另一方面反映出不同的意义。假如你手头的钱不是通过理财规划拿出来去投资，而是放在银行活期账户或者自家抽屉里，现在辛辛苦苦赚来的钱，就会在未来的时间内有可能被通货膨胀蚕食，导致资产缩水。现在我国的 CPI 指数接近 5％，这就意味着，你手头的钱财不及时加以打理的话，14 年后就缩水一半。而国家统计的 CPI 指数还没有把房价计算在内，假设通货膨胀达 10％，则 7 年后，资产就缩水一半。这是多么可怕的数据！

作为新兴阶层，很多中产阶层人士都处于特定人生阶段，许多人都需要为购房、购车、子女教育、保险、养老、投资、财产增值等进行财务规划。因此，你不仅要审时度势，在经济低潮中寻找适合自己的理财产品，同时还要掌握正确的投资理财方法，积累丰富的理财经验，用数字说话，靠事实说话。

在这里提醒各位中产阶层人士：

记住投资的 72 法则——尽早投资，长期投资，实现你的人生梦想。

理财小贴士：投资理财一定要有复利的观念

投资理财一定要有复利的观念，利用大钱生小钱，然后让大钱与小钱再一起生小钱，像滚雪球一样越滚越大。举例来说，每月投资 5000 元，若年平均获利率为 10％，那么 10 年后可累积 956400 元，20 年后有 3436200 元，30 年后可累积 9869000 元。除非你把所有获利取出花掉，否则获利本身还可以为你赚钱。因此，当你计算多少资金可以翻番时，以 72 来除就可以了。当然，用 72 法则计算不如查复利表精确。实际计算复利效果时，可以利用公式计算，但如果期数很长，又没有一定的数学能力，计算起来相当麻烦，而运用 72 法则却相当便利。

降息预期下如何调整投资策略应对危机

汹涌而来的金融危机和各种新闻报道的轮番轰炸，让我们感到了全球经济的危机性和紧迫感，整体经济有可能已经进入衰退期，要想完全恢复还需要一段较长时间。目前，任何风吹草动都有可能给投资者带来重创。这个时候，我们建议中产家庭投资者根据自己的经济状况和风险喜好，选择合适的投资产品谨慎投资，实施稳健的投资策略。

下面我们介绍一个中产家庭的理财案例，希望为大家带来一份启发和思考。

> 李先生今年 35 岁，在一家公司任高级经理，妻子为该公司职员，有个儿子今年 8 岁。目前仍有房贷约 40 万。在家庭收入支出方面，李先生家庭每月税后收入约 2 万元，商铺租金月收入 2 万元，年终奖金 10 万元，每月生活支出 1 万元，家庭年净收入 40 万元。
>
> 李先生家庭资产约 300 万，房产两套，在投资方面所购股票亏损严重，目前市值约 20 万。另有股票型基金 30 万元，现金大约 40 万。房屋贷款尚差 10 年约 40 万元。
>
> 李先生的理财目标是准备在年底分奖金后，一次性归还银行贷款。另外，为保障以后生活，考虑做些相应投资。

我们来对李先生财务状况进行一下简单分析。一是整个家庭现金支出上控制比较合理，月支出占月均收入的 25％ 左右。二是结余现金较多，可考虑进行适当投资，实现现金资产的累积。三是实物资产占总资产的 70％，均为房产，现金资产占 13％，投资资产占 17％，其中高风险的股票投资仅占 7％，由此可以看出李先生的家庭理财偏好稳健型。

针对李先生的情况，可以进行如下理财规划。

一、暂时不提前还贷，享受降息收益

由于降息，每月的房屋月供会相应减少一些，可享受一定的降息收益，且经济周期进入下降通道，继续的降息是可以预期的。暂时不提前还贷，同时将现金拿在手上，主动寻找投资机会以增加未来的收益。

二、为孩子的教育及早安排投资

由于其儿子今年 8 岁，预计 10 年后孩子上大学将面临一笔不小的费用，需要进行稳妥投资并及早安排。所以建议在市场不明朗之前，将现有资金中的 20 万元购买债券型基金作为孩子的教育基金，并从每年的生活节余中拿出 5 万元继续投资，按照年收益率 5％ 计算，10 年后可为孩子筹集教育基金近 100 万元，足够孩子选择良好的留学环境。

三、建议配置债券类银行产品或此类基金

债券类理财产品可以保证有相对稳定的收益。也可以采用基金定额定投的方式，逐渐吸收筹码，摊薄单次成本，在一定程度上可规避市场低迷，等待市场复苏。

四、退休规划应提上日程

假定李先生准备 50 岁退休的话，目前距离退休还有 15 年的时间，可将手头 10 万元购买债券型银行理财产品或债券型基金，在保证目前家庭每年收入的情况下，以后每年增加投资 20 万元。按照目前收益率 5％计算，可以积累退休金 450 万元，加上原有家庭资产，足够夫妻俩过个舒适富足自由的退休生活。

综合来看，降息预期下，投资应以稳健为主，保值至上。

 理财小贴士：提前还贷别忘了退保

房屋贷款人提前还贷结束后，银行会出具证明，借款人拿着银行开具的贷款结清证明，到房产管理部门的抵押科办理撤销抵押登记手续。此外，提前偿还全部贷款后，原个人住房贷款的房屋保险合同此时也提前终止。借款人可携带保险单正本和提前还清贷款证明到保险公司退还未到期的保险费。"提前还贷"看似简单，实而复杂。就其流程而言，借款人需携带身份证、借款合同等相关证件到所借款的银行提交《提前还款申请表》，并在柜台存入提前偿还的款项才能办理提前还款相关手续。如果材料准备不齐全的话，还需要房贷者多次的往返于银行与房管局之间。专家建议，对于房贷者而言，如果想要节约时间，提高办事效率，也可以委托服务专业、口碑较好的个贷服务机构。

 防中产变无产，危机下看好三个篮子

我们常常见到这样一种投资者，他把所有的投资目标罗列出来，股票、基金、债券、外汇等数十种理财产品。他相信捡到篮子里的都是好菜，他的逻辑是只要有一只赚到就够了。但事实上一个人哪有时间和精力去兼顾这么多的理财产品呢？而且要把全部的涨跌都计算进来才能真正反映出损益。而当金融风暴袭来时，他就乱了阵脚，股票跌了，基金跌了，房产也不值钱了，人民币升值了……一系列问题让原本还算富有的中产阶层变成了无产阶级。

因此，经济形势不景气时，中产阶层投资者如何去打理自己的资产，是一个值得思考的问题。

其实，理财是处理钱的方法，只有建立自己的投资地图，清楚所在位置与终点的人，才不会在风浪中迷失了自己。一般来说，你可以在自己的投资地图上，清晰地划分区域，分为眼前目标、中期目标和长远目标。对于任何一个家庭来说，理财的短期目标是建立一个简单的储蓄计划，留足生活备用金，中期目标是建立子女教育和退休计划，最后，当你手中余钱时，才可以考虑做些个性化投资。如果是用余下来的钱做投资，股票跌 30％、跌 40％也不会让你的生活很窘迫，让你的财富大大缩水。

在这里专家给你支几招——看好三个篮子。

第一个篮子——安全

这次金融危机给很多投资者带来了很大的损失，也给那些贪心的投资者敲响了警钟：不要把所有鸡蛋都放进一个篮子，一旦遭遇石头的磕碰，将会竹篮打水一场空。因此，每个中产阶层投资者都应该把手中的财富分成三个篮子，安全篮子、退休篮子、梦想篮子。

三个篮子中安全篮子放在最底层，占的份额应该最多，大约 50％。对于一个家庭来说，保障资金的稳定和安全是最重要因素。另外还可以给家庭成员购买保险，比如健康保险、人寿保险、伤残保险等，以防止意外发生时将风险降到最小。

第二个篮子——养老退休

作为中产阶层的你，不管是企业的 CEO，还是写字楼的高级白领，还是自由的 soho 一族，都要管好自己的养老退休篮子。退休篮子的份额应该占30％左右。

退休篮子应该贯穿一生，为了让老年生活安逸富足，筹备养老金的过程应该尽早进行。筹备养老金就好比是攀登山峰，同样一笔养老费用，如果 25 岁就开始准备，好比轻装上阵，不觉得有负担，一路轻松愉快地直上峰顶。

第三个篮子——梦想篮子

当前面的两个篮子稳定后，你就可以筹建自己的第三个篮子，这个篮子占你的总收入份额大约为 20％。这时候，可以把你的梦想，包括家庭的梦想都列一个表安排一下，去休闲、旅游和度假等，丰富你的人生，精彩你自己。

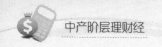

 理财小贴士：组合投资可以帮你分散风险

　　理财必须考虑分散风险。如果把全部身家都押在一项投资上，那么遭遇市场波动时就会变得很脆弱。组合投资是一个很重要的投资理念。它指的是将全部的财产看成一个整体，然后分割成若干"块"，并将之分配到不同风险和收益程度的投资品种上，以便在一个可接受的风险水平上得到最佳的总体回报。

 # 金融危机下可供中产者选择的精准投资

　　金融风暴横扫全球，住着自购的一百平方米花园小区的居室，开着私家车上下班；口袋里有某家银行的理财 VIP 卡，习惯在咖啡厅解决午餐的你，如何管理你的财富？如何在危机中找到财富的先机，进行精准投资？是日益见跌的股票，还是迟迟不涨的基金？是稳坐泰山的银行储蓄，还是投资固定资产？

　　身为中产阶层，一般都有稳定的年收入，不希望家庭财产仅以储蓄形式存在；追求较高的投资利润同时也可以承受一定的风险。在这样的条件下，收益率较高、安全性尚可的投资品种就成为首选。这里推荐几种理财产品，帮助你做准确判断，有效投资。

购买集合型理财产品

　　集合型理财产品能有效分散风险，灵活机动，不管牛市还是熊市，都有预期较高的收益。比如光大银行发行的光大阳光 3 号理财产品，就包容了各种投资工具的篮子，除投资股票、基金外，还可以投资股指期货等套期保值工具，规避风险的手段多样化。当市场行情好的时候，可以投资股票、基金类产品，争取高额收益；市场行情不好的时候，可以配置债券和股指期货进行套期保值。通过这样一种组合，就把原本易于控制风险的产品集合起来，进一步分散风险，就算大市不好，也是有望实现无风险套利的。

购买企业债券

　　股市低迷，国债就成为许多中产阶层替代储蓄的首选。不过，由于国债发行数量的限制，能买进的数额并不多，这时不妨把眼光投向企业债券，它们的收益率几乎与国债相等，甚至略高于国债，而且流动性非常好。同时，大部分企业债券和公司债券在发行时由银行或信誉良好的大企业进行担保和再担保，这样可以大大降低投资风险。

购买期货理财产品

高风险的期货有着同样令人诱惑的高收益，所以它仍是许多投资者热捧的对象。如果你对这方面的知识欠缺，不如购买理财机构推出的期货理财产品，在保本的前提下享受期货市场的高收益。比如民生银行的"黄金期货、稳健投资"产品，挂钩标的为纽约商品交易所黄金期货价格。最低投资额是5万元人民币，投资是期限一年，最高年收益率可达10.5％，更兼保本，是非常值得关注的中产阶层投资产品。

投资外汇期权

外汇期权对于许多人来讲还非常陌生，目前也仅有招商银行推出24小时的外汇期权买卖业务。但对于喜欢玩外汇的人而言，外汇期权无疑是最佳的风险冲抵工具之一。它的优点是可锁定未来汇率，提供外汇保值，客户有较好的灵活选择性；缺点是投资渠道较新，收益率无系统参考值。

投资艺术藏品

如果你手中有一点闲钱，不妨选择投资艺术藏品，像古玩、书画、古家具、玉器等，它可以让你投资与陶冶情操两不误。不过，由于投资古玩字画所需资金较多，而且真伪难辨，所以建议刚刚入门的中产阶层最好投资一些现代作品。所需资金不过数万，同样具有很大的升值空间。

进行外币结构性存款

如果你有一笔平时不需动用的外汇存款，那么考虑投资外币结构性存款，它的利率远高于银行定期存款。现在，国际公认的此类强势外币结构性理财产品的预期年收益率在8％左右。不过，随着人民币不断升值，选择外币结构性存款也需要承担一定的汇率风险，如果你在未来还需要把这笔款转为人民币，收益或许就相当惨淡了。

理财小贴士：日本的中产阶层怎么投资

日本是全世界中产阶层最多的国家之一。不过，他们在理财方式上偏爱保守安全的银行储蓄，所以他们的资产分布目前仍以储蓄为主，其次就是投资国债，而其他理财工具用得比较少。

 靠复利掌握财富主动权

关于复利这个复杂的专业术语，很多人可能会不明白，还是先来看看故事吧！

野猪和猴子在一片收割过的田地里发现了一袋农夫们丢下的玉米，于是它们兴高采烈地平分了这袋玉米。

转眼到了第二年秋天的时候，野猪和猴子坐在田间聊天。猴子对野猪说："还记得去年这个时候，咱们拣到那一大袋玉米吗？今年如果还能拣到话，就可以像去年一样舒服舒服地过冬！"

野猪听完猴子的话，疑惑地问："猴子老弟，难不成你把去年分得的玉米全都吃光了？"

猴子点点头头说："没错呀！不吃光，难道还留着吗？"

野猪听后，摇了摇头："看来今年你还得出去寻找过冬的粮食了！我把去年分得的粮食留下了一部分，找了块肥沃的土地种了下去，今年的收成还不错。如果以后我每年的收成都不错，那么我就不要天天为寻找食物而奔波了，年老时也不必为找不到食物而犯愁了！"

在这个故事中，我们可以看出，野猪运用了复利的方法，将一部分玉米留下播种，使其数量不断增长，若干年后，玉米的数量将难以想象。

所谓复利，是指在每经过一个计息期后，都要将所生利息加入本金，以计算下期的利息。这样，在每一计息期，上一个计息期的利息都要成为生息的本金，即以利生利，也就是俗称的"利滚利"。

复利计息是人类最伟大的发现之一，号称人类的"第八大奇迹"，爱因斯坦将其称之为"本世纪最伟大的发现"。关于复利，股神巴菲特曾说过，如果西班牙女王不支持哥伦布航海，而将 3 万美元以 4％的复利进行投资，到 1962 年将是 2 万亿美元，到 1999 年将是 8 万亿美元，相当于美国全年的 GDP，那么世界上最强大的国家可能是西班牙。这当然是一个假设，不过复利的确有不可估量的神奇力量。

对于中产投资者来说，要想获得长期赢利，再没有比运用复利更重要的了。这里举一个简单的例子：比如郭先生一笔资金的数额为 1000 元，银行的一年期定期储蓄存款的利率为 2.00％。郭先生每年初都将上一年的本金和利息提出，然后再一起作为本金存入一年期的定期存款，一共进行三年。那么他在第三年底总共可以得到多少本金和利息呢？这项投资的利息计算方法就是复利。

在第一年末，共有本息和为：

$$1000＋1000×2.00\％＝1020（元）$$

随后，将第一年末收到的本息和作为第二年初的投资本金，即利息已被融入到本金中。因此，在第二年末，共有本息和为：

$$1020＋1020×2.00\％＝1040.40（元）$$

依此类推，在第三年末，共有本息和为：

$$1040.40＋1040.40×2.00\％＝1061.21（元）$$

在复利计息方式下到期的本息和的计算原理就是这样。这种方法的计算过程表面上很复杂，实际并非如此。上述张先生的资金本息和的计算过程实际上可以表示为：

$$1000×(1＋2.00\％)×(1＋2.00\％)×(1＋2.00\％)＝1000×(1＋2.00\％)^3＝1061.21（元）$$

从上可以看出，复利的计算公式是：本息和＝本金×(1＋年利率)^n

有人曾做过一个实验，如果你有 1000 元今天拿出来投资，常年的复利报酬率有 34％，那 40 年后这笔投资会有多少？被实验者所给的答复多是介于 1 万～100 万元之间，答得最高的是位主修经济学和统计学的实验者，他认为是 1000 万元，其实真正的答案比 1000 万还要多而且是多到 100 倍以上，答案是 12000 多万元，也就是说 1000 元的投资 40 年后就取得 12 万倍以上的报酬，就是区区 1 块钱也已经变成 12 万元的现金。多么可怕的力量！

通常情况下，人们只知道埋头苦干地赚钱，却并不知道让钱生钱，才是最聪明、最省力的办法。赚钱不只靠薪水，钱生钱是非常重要而且也是非常有必要的收入来源。

时间和复利就像两种神秘的药剂，两者混合便可产生令人难以想象的奇迹。中产阶层靠长期投资带来的复利效应绝对可以过上非常富足的生活。因此，从现在开始，你可以拿出一部分不急用的资金进行长期投资，购买一些偏债型或分红型的基金，如果你的风险承受能力高的话，也可以购买一些指数型基金或者股票型基金，让复利这个"神奇的计算器"为你工作，而牢牢掌握着财富主动权的你就坐在电脑前，慢慢地品着一杯上等好茶，等着收获吧！

 理财小贴士：投资大师约翰·坦普顿的忠告

投资大师约翰·坦普顿告诉投资人致富的方法里，要利用复利效应的神奇魅力，就必须先懂得俭朴，所以必须挪出一半的薪水，作为个人在投资理财时候的第一桶金。存下一半的钱是一个不容易执行的重大决定，它考验着你的决心、毅力和生活方式的调整。

 哪些布票值得投资收藏

布票是我国上个世纪计划经济时代而实行"计划供应"的特定产物，是人们购买布匹的资格凭证。我国的布票名目繁多，品种丰富，不仅图案设计精美，而且印刷工艺从原始古朴的石印到精妙绝伦的雕版及之后的自然逼真、鲜艳悦目的胶印，都充分体现出独有的艺术风格和兼收并蓄的特色。它是我国经济飞速发展和人民生活极大改善的见证，是我们的社会发展、进步历程中的一个小小里程碑。

随着民间收藏投资的日益兴起，布票凭借着其独有的历史价值及所具有的特定使用对象的普遍性、发行渠道的多样性和存世量的稀少性，成为票证家族中的特殊成员，越来越受到收藏投资者的青睐。

据一位专业的布票收藏者介绍，现在成套布票不是连张的很难配齐，它的行情一套在数十元甚至数百元。如果是具有个性的特色布票行情更是相当看好的。

因此，布票的存世稀少及不可再生性这一特征，与日益扩大的需求量这一变数的互相作用，使得一些早期珍罕品身价一路飙升，加之一些精明收藏投资者携资不断介入，这就更引起布票后市行情的不断走强。就其类别而言，有十种布票值得中产阶层投资者收藏。

一、开门布票

是指新中国成立以后，全国各地最早发行的布票，即有效期为1954年9月至1955年2月的第一期布票，以及有效期为1955年3月至8月的第二期布票。半个多世纪过去了，这一类布票很少流存于世，收集难度愈来愈大，不少品种弥足珍贵。

二、军用布票

在部队里，军官实行的是半供给制，即外套由部队供给，内衣则是由个人购买。所以，军用布票使用的范围小，布票发行量也少。首发军用布票的是东北商业局，其他许多地方在发行民用开门布票的同时，也印发了军用布票。有的是专版印刷的，有的是在民用布票上面加印"军"、"军用"或"军人"等字样的。后来，军用布票由国家商业部负责印发，从 1955 年秋到 1984 年结束，它的最大特点是全国通用。军用布票设计印刷比较精美，深受收藏爱好喜爱。

三、语录布票

它是"文革"时期的产物，当时发行的布票上都印着"最高指示"、毛主席语录或政治口号。由于印制布票是政治任务，因此，语录布票的设计印刷都很精美，纸张选材上乘，色彩鲜艳夺目。语录布票的欣赏价值较高，是我国票证中的一朵奇葩。

四、奇异布票

山东省发行的 1961 年 9 月至 1962 年 8 月布票 2 尺 8、3 尺、3 尺 3 和临时调剂布票 3 尺、5 尺等，票面由正券和副券组成，酷似邮票小型张，规定正券不能买布，副券剪用作废，副券离开正券无效。广东省和湖北省也曾发行过类似的布票，都有一定的收藏价值。

五、尺寸合一布票

面额中有尺、寸、分的布票，被称为尺寸合一布票。例如，7 尺 5 寸、2 尺 8 寸半、9.5 尺、1 寸半，等等。新疆布票用的是米制单位，所以有些品种面额中含米和厘米量词，如 4 米 83 厘米、2 米半、3.03 米等。有人选择尺寸合一布票进行专题集藏，难度较大。

六、特种布票

特殊情况下和特殊人群使用的布票，称之为"特种布票"。比如福建的支前布票、犯人用布票，新疆的支边自流布票，青海、云南、贵州、甘肃和陕西等地冬季寒冷补助布票，少数民族补助布票，"四清"运动时贫下中农补助布票，"文革"时知识青年布票、下放干部专用布票等，其收藏前景看好。

七、侨汇（华侨）布票

这是一种有价票证，是 20 世纪 60 年代前半期，由各地人民银行和粮食、商业部门联合发行。这种布票需在指定的华侨商店使用，享受平价优惠。还有一种填写式华侨特种供应票证（布票），需要时，经有关部门审核批准，临时填上供应布票数量和品种。由于侨民人数很少，侨汇（华侨）布票发行量也很小，且使用管理十分严格，所以，此类布票留世相当稀少。

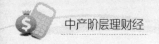

八、样张（票样）布票

此类布票由于没有流通使用，几乎是全新的，品相极佳，具有很高的欣赏价值。

九、成套布票

在有效期限内使用的所有品种布票，叫做"套票"。可分为1枚套、2枚套、9枚套，无论从哪个角度去收集，套票都比散票的收藏价值高。有的票证收藏者专题收集语录套票、背景图案有纪念意义的套票、特种布票套票或后期布票套票，这些都是各具特色的选择。如果有人能将1973～1984年军用布票和全国各地12年期间所发行的布票收集齐全，这也是一笔不少的财富。

十、存世稀少布票

布票不是年代越久价格就越贵，不论哪个年代的布票，只要它的存世量仅有数十枚，都是收藏者追逐的品种，其收藏价值和升值空间自然很高。

 理财小贴士：最大、最小和最贵的布票

最大面值布票要算新疆1961年公共用布100米布票。票幅最大布票是1955年内蒙古自治区平地泉布票，长55毫米，宽108毫米，犹如一个巴掌大。最小面额布票是新疆布票1厘米，仅一个指甲盖长，已载入吉尼斯世界纪录。最贵的布票是1954年东北军人棉布购买票，征购1枚100元左右。

 ## 收藏人民币的学问

我国是世界上最早铸造金属货币的国家之一，是最早发明纸币的国家。在我国，货币文化有着悠久而灿烂的历史，从商周秦汉至今，蔚为壮观。但与其他收藏不同，人民币本身独有的流通功能，使得人民币的收藏有了特殊意义。

新中国第一枚人民币是1948年10月开始印制。1948年12月1日，中国人民银行正式成立，同日发行人民币。习惯上，人们将1948年10月开始发行至1955年5月10日停止流通的人民币称为第一套人民币。

至今，我国已经发行5套人民币，每套人民币退出流通领域后，就很难再见到。第一套最高面额50000元，第二套出现3元面额，同套同面额的人民币也可能存在细微差别。在收藏人民币的过程中，除了注意不同版别，如图案、年号、面额不同外，还应特别注意同一版面票券的细微差别。这是人民币印制发行演变过程的重要标志，也是人民币收藏者必须注意区别和了解的重要特征。正是这些极其微小的差异，决定了其不同的市场价格和收藏价值。

不少人认为，只要是旧版的人民币都很值钱。其实不然，每套人民币都有几张被称为"珍品"的特别值钱，它们的价格占到整套币值的七八成；而单张的其他券币与"珍品"相距甚远，如第二套人民币中加长版的 10 元人民币。正面图案是"丰收图"，按照当时的购买力，10 元钱相当于三口之家一个月的生活费，所以 10 元面额的人民币发行很少，目前存世的更少，在钱币市场很难寻觅真品，倒是赝品成灾。如果当年将这 10 元钱存入银行，到今天也不过几百元利息，现在一张全新品相的"五三版"加长 10 元币市场价格至少在十余万元，是面额的万倍以上。

中产阶层要想成为人民币的收藏行家，必须先了解人民币收藏的各种学问，否则损失钱财不说，还可能会让你冷落家中久藏的宝贝。

在目前已发行的 5 套人民币中，前三套人民币已相继退出流通领域。其中，第一套人民币由于年代久远，存世量少，目前市场价在 150 万元开外，收藏不易。而第二套人民币由于开发较早，很多收藏家早已开始有意识地收藏，一般收藏者也较难找到好的藏品。所以收藏第三套人民币可以说是初涉人民币收藏者的较好选择。另外，虽然目前第四套人民币央行还没有正式宣布退出流通，一些券别还在继续流通，但从银行角度来说已经是"只收不付"，因此一些有投资眼光者已开始收藏了。其中 1980 年版的 50 元券的市场价格已经涨到 250～300 元一张了。

另外，随着硬分币市场需求量越来越少，目前已"淡出"市场流通，极为少见。因此，硬分币越来越受到钱币收藏者的青睐。目前发行的所有硬分币种，真正有价值的是 5 枚特殊的分币，它们被称为"五大天王"，分别是：1979 年、1980 年、1981 年的 5 分硬币，1980 年的 2 分硬币，1981 年的 1 分硬币。这些分币发行量很小，而且没有在流通市场上流通过。当时的中国人民银行发行这 5 枚分币，是做成纪念册向境外出售的，所以说在国内很难见到"五大天王"。在 20 世纪 90 年代，收藏市场上偶尔能见到"五大天王"纪念册，开价是 1000～1500 元，现在基本上见不到了。

总的来说，人民币收藏价值的高低可从两个方面考察：一方面要看人民币的珍贵度，另一方面要看人民币的稀缺度，二者结合起来即是人民币的珍稀度。

由于旧版人民币涉及的专业知识较多，有不少还需要先了解当时的时代背

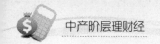

景再从中选择升值潜力大的币种，中产阶层投资者要谨慎入市，防止买入赝品，还特别要注意币面的品相。按品相分类，人民币可以分为全新、十品、九品至四品等 8 个档次。其中全新最好，是指票面清洁坚挺，未流通，四边完整直角；而四品属于最低级，指严重损毁，票面有较大缺片和孔洞，属于四品的人民币除非是极其稀有的品种，否则都不宜收藏。

从价格看，不同品相的人民币价差很大，以全新和八品的来对比，价钱都可能差一倍多。所以，收藏和投资人民币首先要多学习，多揣摩，多向专家请教，其次是选择有信誉、有实力的钱币商购买，这样可以少走弯路，既能保值增值，又能丰富生活，培养情操，正可谓一举多得。

理财小贴士：第三套纸币中的"币王"

1962 年版的"背绿水印"一角券，正面图案是"教育与生产劳动相结合"，背面图案为墨绿色菊花图案，看上去活像一只展翅的蝴蝶，故有人称之为"蝴蝶券"。该币于 1966 年 1 月 10 日发行，因为其背面颜色与同时流通的贰角纸币相近，容易引起混淆。发行仅一年，人民银行就决定将之收回。由此，背绿壹角券成为第三套人民币中发行量最少、发行时间最短、存世量最少的纸币。由于印制时印钞纸的不同，背绿壹角又分为五角星水印和无水印两种版别，其中五角星水印的发行量最为有限，因此便成为了壹角纸币中最珍稀的纸币。

 ## 中小收藏者介入佳品之竹雕

竹雕，就材料而论，竹子最廉价，它没有木材那么名贵，象牙那么高雅，犀角那么珍稀，在南方乡村，竹子俯拾皆是。然而，经艺术家雕琢，赋予它艺术生命后，竹雕登上了艺术殿堂，也像其他文物古玩一样，成为人们追捧的目标。

我国是世界上最早使用竹制品的国家，由考古而知，我国对竹子的利用可追溯至距今八千年的新石器时代，竹制的箭镞在原始社会人们的生活中起到了重要的作用。据史料记载，竹雕在六朝时期就成为艺术品，到了唐宋，竹雕工艺取得了长足的发展，但真正繁盛起来是在明清。此时，绘画艺术融入竹雕艺术中，花鸟、山水、书法成为竹雕艺术家常用的题材，大量的文房用具如笔筒、臂搁、香筒、镇纸、笔洗等采用竹材雕制，另外还出现了供欣赏把玩的摆件，如人物雕像、小型楼阁、壁挂、如意等。

从目前古玩市场的行情看，一件清代竹雕笔筒，价格一般在几千元至几万元不等，相比瓷器的价格，还是比较低廉的。但瓷器的价格已经相对稳定，而竹雕却处于上升趋势，长远地看，还将有较大的升值空间。

收藏竹雕艺术品，首先要了解流派，熟悉风格。明代竹雕主要集中在嘉定、金陵两地，故有"嘉定派"、"金陵派"之说。嘉定派以朱松邻祖孙三代的深刻法（圆雕、浮雕、高浮雕、透雕）；金陵派以李耀、濮仲谦的浅刻法。

其次，善于分辨竹雕艺术品的真伪。鉴定竹雕艺术品的真伪，与书画鉴定相似，就是要注重年代、工艺、品相和名家，但历史上名留史册的大家作品毕竟有限，能够保持品相良好、留传至今的就更少，所以名家真品是可遇而不可求的，一旦出现也必定价格不菲。有实力的中产阶层收藏者可以从一些正规的拍卖会上购买，虽然价格高一些，但质量比较有保障。而在平常的生活中涉及竹雕藏品时一定要注意以下几点。

一、对名头大的作品要头脑清醒，谨慎出手。目前收藏市场已经日趋成熟了，捡便宜的可能性微乎其微，当发现有名家作品出现时，有可能就是一个陷阱，不要轻易上当。

二、注意品相。竹雕器物由于材质本身的原因很容易开裂，如果裂纹影响了器物的整体造型和美感，价值上就会大打折扣，即使有年代久远的老器物也是一样。

三、注重雕工。雕刻工艺的高低直接决定了器物的价值，如果工艺简单甚至粗劣，即使是老东西也没有多少收藏价值。

四、妥善保存。虽然竹器不像瓷器、玉器那么容易碰碎，但空气的干湿度对它影响很大，特别是北方的收藏者，如果是从南方买回的竹器，就要特别注意不要放在干燥的环境里，否则造成开裂就会直接影响其价值。

竹雕工艺品在艺术百花苑中，注定是一朵小花！因为在人们心目中，她属于"小器"，在古玩分类中她又是"杂项"。但一器之微，却巧夺天工，理应有自己独特的地位。喜欢古玩收藏的中产阶层不妨由此涉猎竹雕，因为一件名家竹艺，就是一幅名家书画，既可置于案头欣赏，又可持手中把玩，还可保值增值，岂不美哉！

 理财小贴士：竹雕收藏小知识

　　竹材为易损材料，保藏技术不可轻忽，如受潮涨起，干燥收缩，干干湿湿就会开裂，因此竹雕理想的保藏环境是控制温度在 20℃左右，湿度约为 60％。在南方，黄梅天可将竹雕放入有樟脑的塑料袋，扎紧密封，以免吸潮；伏天要防止干裂，尽量不拿出玩赏，切忌太阳暴晒。一般隔 1～2 年要用生桐油或胡桃油、松子油轻擦一遍，可使其保持润泽。具体只需将胡桃、松子仁包于纱布中，在竹雕制品上擦摩即可。

收藏品中的蓝筹股——犀角杯

　　我国的酒文化源远流长，作为我国传统酒具中最为珍贵的一种，犀角杯的收藏价值日益高涨。

　　在《笑傲江湖》第十四章《论杯》中，祖千秋说："这一坛关外白酒，酒味是极好的，只可惜少了一股芳洌之气，最好是用犀角杯盛之而饮，那就醇美无比，须知玉杯增酒之色，犀角杯增酒之香，古人诚不我欺。"可见，美酒须与犀角杯来相配！犀角杯之所以用来盛酒是因白酒性燥热，犀角性寒、凉，对人有凉血、解毒、镇静、滋补作用，所以人们就用犀角制成器皿饮白酒，以祛病延年。这也成为如今市面上出现的犀角制品多为酒杯的主要原因。

　　犀角是世界上非常有名的牙角料之一。人们常说的"竹木牙角"四大雕器中的"角"，主要是指犀角。据出土考证，自商朝起，犀角就被人们所利用。因犀角极易被腐蚀，所以流传下来的犀角杯极少，全国现存于世的犀角雕刻品不足 5000 件，而且基本都是明清两代的作品。

　　犀角杯的造型主要分平底与锥底两种，一种适合置于桌面，另一种则更适合手握。犀角杯最大的特点就是实用和艺术的完美结合，能工巧匠们巧妙地利用犀角的材质，和犀角所特有的树干质感的扭曲、虬劲等特征，制作雕刻成一个个工艺精湛、玲珑精巧的犀角杯，并在犀角周身表面，甚至内壁上雕琢山水、松石，意境幽远古韵。大师的艺术气质和灵感，在犀角杯身方寸天地中，抒发得淋漓尽致，而且杯身的雕刻技法各有不同，深雕、浅雕、镂空雕等疏密有致，使得每一件犀角杯上的纹饰，都包含各自不同的意境。

犀角有亚洲与非洲犀之分，一般亚洲犀角质优于非洲犀角，所以其所雕之物也珍于非洲犀角制品，价格上就有一定的差距。如今想要购得一只真正的犀角杯珍品，主要途径还是通过拍卖公司。

现今民间古玩市场上的犀角制品多是赝品，大多是用黄牛、水牛等动物的角代替，更有人用毫无价值的合成犀角蒙骗藏家。如何分辨真假犀角，其实在明代人曹明仲的《格古要论》中就有对犀角的详细描述："凡器皿要滋润，粟纹绽花者好，其色黑如漆、黄如粟，上下相透，云头雨脚分明者为佳。"即犀角器以粟纹清晰，质细腻似玉，逆光下观看莹润欲透的是上品，而这也正是分辨真假犀角的关键点。

如今犀牛已经被列为世界珍稀动物。根据《濒危野生动植物种国际贸易公约》规定，任何猎杀犀牛和进行犀牛制品的交易都是违法的。但犀牛数量仍然连年减少，现存的 5000 种犀牛均濒临灭绝，所以市场上基本没有新的犀角卖出。传世的犀角杯变成了实实在在的绝后珍品，并且犀角本身又极易被腐蚀，所以存世的犀角精品将越来越少，价格必将上升。在 2005 年中国香港苏富比秋季拍卖会上，一件明代犀角雕双螭海棠形杯以 1140.56 万元成交，创下当年中国文玩杂项的最高价。2006 年 9 月纽约苏富比拍卖会上，一件清康熙犀角雕仙人乘槎杯以 203.2 万美元成交，创下当时犀角雕拍卖世界纪录。

因此，收藏者之所以追逐珍稀藏品——犀角杯，不仅仅是因为瑰丽蹊跷的造型深得世人喜爱，而且犀角中蕴含的尊贵之气使得犀角杯成为宫廷贵族中的不可少的藏品，由此看来水涨船高的犀角杯价值远远不可估量！

理财小贴士：如何鉴别亚洲犀角和非洲犀角

亚洲犀角和非洲犀角很相像，不是行家很难看出来。它们的主要区别有两个：一是犀角底部的形状，椭圆的是亚洲犀角，圆形的是非洲黑犀，近长方的是非洲白犀；二是犀角底部凹腔处旁边的"裙边"，裙边阔的是亚洲犀角，裙边窄的是非洲犀角。

不可错过的投资宠儿——红宝石

红宝石是宝石中甚为稀少而又极为珍贵的一种，在西方历史上地位很高，

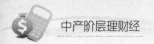

《圣经》中把红宝石与智慧相提并论，并用它象征犹太部落；古埃及人认为红宝石是王者至尊的象征；古希腊人相信红宝石中存在着巨大的力量，将它装在建筑物上可避雷雨袭击；而在中世纪的欧洲，普遍认为红宝石是神灵慈悲的宝石。在我国，清代官员的顶戴制度规定，亲王以下至一品官员其冠顶均用红宝石。

数百年来，在东西方不同的审美观念下，娇艳璀璨的红宝石仍立于珠宝界不败，成为最受市场追捧的名贵宝石，被无数珠宝收藏家所青睐。难怪香港佳士得资深珠宝专家曾感叹着说："你可能发现一颗巨大的纯钻石，但很难发现一块巨大的纯红宝石。"由此可见，红宝石在收藏界的地位非常之高，是收藏家眼中的宝中之宝，不可错过的投资宠儿。

缅甸是全球红宝石最好的产地，而产于缅甸的红宝石，开采难度相当大，通常需要剥去厚达 15 英尺（即 457 厘米）覆盖层才能达到含有宝石的砾石层，而从去掉最大的砾石一直到选择宝石，再经过数道工序和几十次的精心挑选。每得到 1 克拉的红宝石，要开采 500 吨矿石，在这种艰苦条件下获取的红宝石珍贵程度可见一斑。

鸽血红是红宝石中档次最高、数量最稀缺珍贵品种。主产于缅甸，它色调艳丽，如同当地一种鸽鸟的胸部鲜血一样，故得名"鸽血红"。这种极品色调的红宝石在白炽光照射下，光彩灿烂，似晨曦晚霞，让人爱不释手，而被收藏界称为昂贵的红宝石。当然，所有的红宝石颜色相当艳丽，在光源照耀下，能反射出美丽动人的六射星光，俗称六道线，这是红宝石的特殊晶体结构所致，是其特有的光学现象。但现在市场上有很多以次充好的红宝石，让人真假难辨。一般来说，假红宝石有两种情况。第一种是以低档的红颜色宝石冒充红宝石，而且，所有假红宝石均无红宝石特有的色形和光性。第二种是人造红宝石。人造红宝石在密度、硬度、颜色等方面与天然红宝石极为相似。直观地判断，人造红宝石质地匀净，无天然杂质、色匀而正，常常颗粒较大，缺少自然感。

中产阶层若想投资红宝石，可以从粒度大小、火彩、颜色、裂纹几个方面考虑。

一、粒度大小

红宝石粒度越大，其价格越高；粒度越小，价格就越低。但因为大颗宝石非常罕见，所以平常所见的颗粒较大的红宝石，一般是假的。

二、火彩

在光源照射下，红宝石正面所表现的颜色，它实质上是红宝石的透明度、切工、颜色的综合作用的一种体现，一块好的红宝石在轻轻转动时（台面对着自己），可见内部有很多红色的小"火苗"在闪烁，对于高质量的红宝石要求其火彩要占整个冠部的55%以上。

三、颜色

红宝石的颜色有多种，纯红色是最好的颜色，其次为微带紫的红色，接下来是粉红色、紫红色、棕红色，发黑的红色、很浅的粉红色都是较差的红宝石。另外从台面观察红宝石，在转动时，应只看到一种颜色为最好，如能看到其他颜色，则说明红宝石加工时的取向不正确。

四、裂纹

由于红宝石的裂纹较为普遍，在挑选时，应尽量挑选裂纹少而细的红宝石，特别是不要挑选裂纹穿过宝石中心的红宝石。

集美丽、神圣、智慧、权利于一体的红宝石是众多收藏者眼中的宠儿。如果你有幸获得一颗红宝石，那将是幸运极致！

附：红宝石的产地和特点

世界上优质红宝石的产地不多，且多集中在亚洲东南部各国，如今在国际市场上流通交易的红宝石大多出自缅甸、斯里兰卡和泰国。这些地方因地质形态的不同，产出红宝石也大有区别。

★缅甸是红宝石最著名的产地，英国皇冠上重167克拉的红宝石，伊朗皇冠上84颗红宝石扣子，都是由缅甸的红宝石制成。特别是缅甸北部的抹谷地区出产的"鸽血红"的红宝石，更居红宝石之冠。缅甸红宝石的特点是，颜色分布不均匀，常呈浓淡不一的絮状，也称"糖蜜状"构造，并且含有丰富的金红石包裹体。目前，缅甸红宝石开采权由缅甸军方控制，每年的开采量十分有限，所以市场上的缅甸红宝石价格昂贵。曼谷为缅甸主要的红宝石产地，多为鸽血红、玫瑰红、粉红色，颜色鲜明但不均匀，经常可见到平直的色带，用肉眼从不同方向观察，常可见到两种不同的颜色。宝石中含有的纤维状金红石包裹体有利于琢磨成星光红宝石的戒面。

★泰国也是红宝石的重要产出国，泰国红宝石大部分颜色较深，红到发黑，包裹体少见，常见指纹状包裹体和荷叶状包裹体。此外，泰国红宝石几乎缺失金红石包裹体，因此没有星光红宝石品种。因为颜色过深所以价格不高。

★越南红宝石的颜色介于缅甸和泰国红宝石之间，总体颜色比缅甸红宝石深，而比泰国红宝石浅，主要表现为紫红色和浅紫色。透明至半透明，除了极少数用作刻面宝石外，大部分用作弧面宝石。

★斯里兰卡红宝石的特点与缅甸红宝石相似，也多是高档红宝石。但颜色较浅，呈粉红色居多，透明度较大，内部含大量的金红石、锆石包裹体，透明

度也较好。

★中国红宝石主要产于黑龙江、新疆、青海、安徽、云南等省区，以云南红宝石最好，但与缅甸红宝石和斯里兰卡红宝石在档次上的悬殊还是比较大的。

 理财小贴士：专家教你火眼金星选购红宝石

宝石跟钻石的分级方法很类似，1T 和 4C：即透明度（Transparency）、颜色（Colour）、净度（Clarity）、切工（Cut）、克拉重量（Carat）来衡量。透明度是指宝石允许可见光透过的程度。在红宝石的肉眼鉴定中，一般将透明度分为透明、亚透明、半透明、亚半透明、不透明五个级别。因此，宝石的透明度越高，其价格就越惊人。

 ## 投资紫砂壶当代名家作品风险小

全球性的经济危机像是一阵超狂龙卷风，从美国的华尔街到欧洲大陆，越过大西洋，波及世界各个角落，我国的收藏市场也受到影响。但"寒风"似乎并没有遏制大家对紫砂壶收藏的热情。在 2008 年中国嘉德秋季拍卖会上，蒋蓉的"五头束柴三友壶"成交价格 50.4 万元，何道洪的"梅花周盘壶"成交价在 44.8 万元。仅过了两周时间，一把唐云生前收藏的顾景舟制、吴湖帆绘的大石瓢壶在上海工美秋季艺术品拍卖会上以 318 万元成交。此后，各地的紫砂博览会更是层出不穷，吸引了大批收藏者的眼球，紫砂壶收藏热情高涨。

从紫砂壶的数量来看古董级紫砂壶存世量有限，连国内收藏紫砂壶最多的故宫博物院，其紫砂藏品也仅 400 余件。从紫砂壶现在的价格来看，当代大师所制作的紫砂壶作品产量稀少，价格更是一路飙升。因此，买紫砂壶适合投资的是当代名家的紫砂壶作品，因为大师级的紫砂壶不仅昂贵且数量稀少，购买普通当代名家的紫砂壶作品是一个不错的选择，其价格在几千到几万不等，风险小，而且保值增值空间大。

据有关专家介绍，一般明清时代的紫砂壶价格都在数万元，清代名家作品价格在 10 万～15 万元，明代名家作品价格在 20 万～30 万元。但是市面上很多做旧的紫砂壶作品让购买者真假难辨。因此，鉴别紫砂壶的真假价值，主要看六大方面。

一看泥料的好坏

紫砂泥分为红泥、绿泥、紫泥三类，纯正的紫砂泥具有"色不艳，质不腻"的特点，紫砂壶泡茶之所以味道特别淳香味美，在于紫砂泥具有双透气结构。而紫砂壶工艺师在制壶时，可以将其中泥料混合配置，或者加入金属氧化物着色剂，以产生不同的色泽外观。

二看精美的形态

紫砂壶的造型由于工艺师的不同和时代审美的要求，造型千变万化，但传统造型如"西施"、"石瓢"、"仿古"等一直受到藏家的喜爱。而整体的比例以及壶嘴、壶把、壶盖的配制应流畅自然。

三看纯手工和半手工之分

一般情况下纯手工制作的壶较贵，不同的工艺师之间制壶有不同的工艺手法，做工精良的紫砂壶蕴含气质，更能体现作者的思想。

四看名家题款

紫砂壶作者的印章款式是收藏者辨别紫砂壶真伪的一个重要因素。如果有名家在壶上题词镌刻，壶的价值就会更上一层楼。

五看紫砂壶的实用性

容量和高矮是购买者选择实用的紫砂壶的评判标准，而口盖是否严密、出水是否流畅更是评判功用的主要依据。

六看名家名壶

一般来说名家制作的紫砂壶作品，即使和普通工艺师的作品差别不大，但是其价值相对较高。

如果你有幸淘到了紫砂壶，千万别高兴得太早，因为好的紫砂壶重在养壶。无论多贵的壶，只有养好了，才能真正体现紫砂壶的精髓。养得好的壶，会显现出圆润细腻、素雅柔和的色泽，犹如人佩戴久的美玉一样。这样的色泽，我们称为"包浆"，养出了"包浆"的紫砂壶，其收藏价值远远大于新壶。

养好紫砂壶是一个较为漫长的过程，一个壶只能泡一种茶叶，并且不同泥料的壶适合泡的茶也不尽相同。想要把壶养好，泡的茶叶就需要是上等品，而且用来泡茶最好选择山泉水、矿泉水。用紫砂壶来泡茶，需要常常清洗，并用专用的茶巾擦拭干净，用久之后自然会产生柔和古雅的光亮色泽。壶身不要沾染油污，泡茶时要保持手的清洁，如果手上涂了护手霜也会对壶身造成污染，影响壶的养成。

和其他收藏品不同，紫砂壶的实用性很强。紫砂壶是用于泡茶注茶的。对

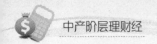

于紫砂壶的性能"色香味皆蕴"过去早有定论。现在有很多人误以为凡是陶壶都是紫砂壶，其实不然，用江苏宜兴紫砂陶土烧制而成的紫砂陶茶具，才是举世公认的质地最好的茶具。

 理财小贴士：紫砂壶名壶——"冰心道人"壶

"冰心道人"壶是一把清末民初年间的紫砂壶。壶体颜色似瓷器中的茶叶末釉，壶身正面是一个凹进去的龛，内坐一人，龛外壁装饰有桃树、桃花、桃叶。壶身另外三侧为雕刻的云纹。

壶底款为"冰心道人"。"冰心道人"为清末民初年间紫砂大师程寿珍（1858～1939）的号。程寿珍制作的紫砂壶曾在1915年和1932年，分别获得巴拿马国际赛会和芝加哥博览会的头等奖和优秀奖。

 ## 收藏古家具要知晓六招

不管你住的是公寓、别墅，不管装修风格是欧式，还是中西合璧，在你的书斋或是客厅，放上几件古家具，或点缀一两块老花板，就像画龙点睛，你的房间立刻就会不同凡响，散发出些许历史信息和文化内涵。

近20年来，好的古家具以每年30％以上的速度增值。一个清朝晚期的凳子卖到5万元，一张清朝的黄花梨太师椅要价20万～50万元，如果说有什么东西越用越值钱，越旧卖得越贵，那古家具肯定算是其中之一了。

纵观中国古典家具史，最有升值潜力的品种首先有两类：一类是明代和清代早期的明式家具，木质一般为黄花梨；另一类是乾隆时期的清式宫廷家具，木质一般是紫檀。

鉴定一件古家具，就像我们平时看电影，无论演的内容是哪个朝代的，我们都能看出是什么年代拍摄的，古家具亦然。每件古家具都有它不同的侧重点，有的虽然做工有点糙，但地域文化风格比较浓郁，有的虽然式样普通，但工艺很优秀，有的结构比较好，有的样式好，有的雕刻好等等。

如何挑选藏品，做工精、选料好是选购古家具的两大准则。对于做工来说，首先榫卯要方正严密，在结构方面，线条自始至终要等粗，曲线过渡要自然流畅；图案的疏密，木件的比例要合乎传统风格。对于选料来说，要考虑硬度高、纹理好且干透的木料。如遇到真的古家具固然好，但如遇上老木新做的仿品也不错，因为这些老木料，经过多年的风干，性质稳定，且老材料的升值空间也大一些。总之，只要你有眼力，"仿品"、"赝品"一眼即穿。这里介绍六个关键招数，用于破解浑水摸鱼的仿古家具，以免上当受骗。

第一招看材质

一个时代一般有其代表性的木材，如果出现材料拼凑，或者材料不符合时代出现规律，则很可能是伪造。比如有些家具表面会出现高低不平的木纹，但要看仔细了，是否用钢丝刷硬擦出来的，是否与原有的木纹对得起来，硬擦的木纹总有一种不自然的感觉。

第二招看包浆

真正的古家具色泽和厚度各处应当一致，陈旧痕迹自然，该旧即旧，就像人的脸老在外晒着，难免比身上要黑一些一样。一般在使用者的手经常抚摸的位置，会出现自然形成的包浆。新仿的包浆要么不自然，要么在不常抚摸的地方也做出来了。

第三招看风格

不同时期的古家具均有各自时代的独特风貌、时代符号，如果家具上混合出现，或者是符号与时代特征不符，则很可能是伪造。以前的家具制作时在工时上放得比较宽，工匠的心态也相当平静，精雕细刻，圆润自然，体现出一个时代的特征。而如今新仿的家具，为了降低成本，往往赶时间，在雕刻上就会露马脚，胡乱拼凑，在中式家具中，圆不够顺畅，方不够坚挺，西洋家具的边框花饰还会出现偷工减料的情况。

第四招看装饰

古家具制作时会尽量使线型统一，装饰手法也会和时代相协调一致，如果不一致，则可能为伪造。有些布面的椅子在翻新后，原有的椅圈会留下密密麻麻的钉眼，这种椅子就是老的。有些藤面椅子，原来的藤面烂掉了，会留下穿藤的眼子，翻过来就可以看到。

第五招看完整性

古家具往往有残缺，就像风烛残年的老人难免有些身体毛病。如果过于完整，则很可能是伪造，如果太过残损，则收藏价值会打折扣。在南方潮湿地区，家具一般直接摆放在泥地，时间长了就会出现脚有褪色和受潮水浸的痕迹。

第六招看坚固性

古家具一般年代比较久远，容易晃动松散，如果过于坚固，则应当认真查

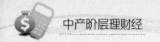

看了，很有可能是翻新的仿古家具。

 理财小贴士：古典家具之美——黄花梨家具

　　作为制作家具最为优良的木材，黄花梨有着非凡的特性。这种特性表现为不易开裂、不易变形、易于加工、易于雕刻、纹理清晰而有香味等，再加上工匠们精湛的技艺，黄花梨家具也就成为古典家具中美的典范了。时至今日，海内外收藏家无不以收藏到黄花梨家具绝品而自豪。黄花梨家具也成为了"古典家具之美"的代名词。

第 **5** 章
不同类型中产家庭的理财经

身为中产阶层都想通过理财来实现财富的梦想,但每个家庭的情况都不一样,在这一章里,我们挑选了几个典型的不同类型的中产家庭案例。相信聪明的你能从这些案例中找到自己家庭的影子,从而使自己家庭资产形成一个合理的资源配置,让钱为你工作。

 ## 家庭年收入 7 万元理财 5 年规划

张先生和张太太是企业的白领阶层,马上就要 40 岁了。多年的辛苦奔波,生活终于有了一点起色:住在一栋 100 平米的楼房里,剩余近 12 万元贷款,还款期还有 12 年,每月还款 1100 元;两人每月有住房公积金 2200元;家庭年收入 7 万元,家庭每年生活开支约为 3 万元;现有活期存款 6 万元,没有其他投资项目。因为公司离家都比较近,目前还不准备买车。女儿妞妞正在上小学四年级。

不过,由于家里的亲戚比较多,几乎每年上半年都会被借出 3 万元,大约半年能归还。张先生和太太的单位有基本养老保险和医疗保险,因此没有参加其他商业类保险。由于张先生是保守型的投资者,所以不准备进行股票投资。但是,随着女儿的长大和自己年龄的增加,张先生想咨询一下未来 5 年该如何理财,才能提高自己的生活品质,同时家庭又得到保障。

从这个案例中,我们可以看出张先生一家目前生活得并不太富裕,主要是家里的钱没有得到合理的利用,让人看起来日子过得不太舒服。我们来一起梳理张先生的情况：正常情况下，按照60岁退休计算的话，张先生工作时的理财时间正好20年。而这20年可以划分为4个"5年规划"。在这个时间段内，张先生如果采取科学的方法打理家财，主动规划人生，学会灵活运用一些新的投资工具来实现更高收益，那么当他45岁时，资产就会变成30万元以上，那时换房、买车、子女教育都会有很好的经济保障。

具体的理财措施有以下三个方面。

第一，提前建立女儿的教育基金

虽然女儿妞妞才上四年级，目前的教育开支不是太大，但以后上初中、高中和大学的各种费用肯定会增加，因此，将来家庭开支除归还房子贷款外最大项目就是女儿的教育。理财专家建议：张先生可适当从以后的收入中拿出50％资金，定期定额申购绩优的股票型开放式基金或者股债平衡型、债券型基金，这类投资风险不大，短期收益并不大，而且赎回周期短，能稳妥地实现较高的理财收益，等到用的时候就能派上用场了。

第二，利用现有的6万元积蓄进行短时期理财

由于张先生家的收入每年都会被借出3万元，在这种情况下，这笔积蓄有两种打理方式。一是投资货币基金，货币基金灵活性较高，理财起点比较低，即使之后将3万元借出，也不会影响剩余资金的收益率。目前，货币基金的年收益率一般在2％左右，赎回一般需要两个工作日。二是可以购买期限短的人民币理财产品，比如目前多家银行推出的一个月期理财产品，这种产品月初由银行自动扣款投资，月末将本金和当月收益自动划回客户账户，投资者只需签定一次协议，以后每月可以实现自动循环理财。由于投资期限短，资金流动性受限制较小，如有急用还可随时赎回，这种产品目前的年收益率一般在2％～2.3％之间。

第三，稳固夫妻二人的养老和医疗保障

虽然张先生夫妻二人都有基本养老保险和医疗保险，但女儿尚小，自己的年龄又比较大，未来会发生什么突发情况，是很难设想的。这时，张先生可以用现有的积蓄和部分后续收入进行稳妥增值型投资，扩大夫妻二人的养老和医疗资金，比如采用开放式基金和国债两项搭配的方式。两三年之后，当这笔投资增大时，还可以选择集合理财等投资渠道，或借助新工具进行理财。

理财小贴士：计算好孩子的教育基金

一个孩子到底要多少钱才能满足他从幼儿园到大学毕业的全部教育呢？

一般来说，中小型城市的幼儿园全年收费大约是 2500 元，几年下来孩子在幼儿园阶段的费用大约要 1 万元。小学到初中阶段是国家规定的九年义务教育阶段，所以收费相对来说要少一些。各种学杂费、报考费和生活费等，大约要 3 万元左右。3 年重点高中每年要支出 1 万元，3 年普通高中最少要支出 1 万元。4 年正常录取的普通大学高校最少的支出也是 4 万元。

这样算下来，一个普通的孩子从幼儿园到大学毕业至少要 10 万元，另外加上放假在家消费和额外的教育经费，至少要准备 20 万元，这样才能为孩子准备一个良好的教育环境。

 ## 老少一家五口的中产家庭理财建议

我国现有的传统的家庭形式一般都包括一对成年夫妇、子女和已丧失了劳动力的年迈父母，家中共有五口人，所以称为"五口之家"。一对夫妻因上有老人需要赡养、下有孩子需要抚育，是一个压力比较大的"夹心一族"，因此，相对来说结构比较复杂的家庭的理财规划要更加细致、全面、周到。

北京的刘先生今年 37 岁，是一名重点中学教师，妻子比他小两岁，一家外企的创意总监，女儿上小学。与男方父母同住。父母已退休，二人合计有 3000 元的退休工资，且身体健康。两人所在单位均已购买重大疾病住院保险，妻子还有社保。他们家的经济情况如下：

收入	夫妻月收入合计 1.35 万元 两处旧房出租合计 1200 元
支出	每月供养女方老人约支出 600 元，每月家用 3000 元 30 年按揭贷款 24 万元，月供 1450 元 夫妻 4 年前各购入 10 份 20 年缴款期的投资连结险，年交保险费合计 2.45 万元
股票	股票价值约 5 万元
存款	银行存款 10 万元
固定资产	一处现值 9 万元的旧房 一处现值 10 万元的旧房 现住在 5 年前购买的价值 40 万元的商品房里

从以上我们可以看出，刘先生一家比较富裕，但刘先生想在此基础上更加努力，让家庭经济更加稳定。他的具体计划是：以刘先生月收入维持日常开支；两套旧房租金继续供现住房；而保险是他们家的最大支出，因此刘先生想停供妻子 10 份投资连结险，因其公司有大病保险，此 10 份保险之功能效用不大，但停供会损失两年已交保金 2.42 万元，不退回；保留刘先生的 10 份投资连结险（保额 23 万元）及小孩意外伤险（保额 2 万元），年供款 1.25 万元；女儿高年级及大学所需教育金，可由后续月收入或者出售旧房获得；计划在 2 年内将供楼年限缩短为 20 年，需缴银行现金 5 万元；股票和现金市值 15 万元，不准备增加股票投资，股票加现金增至 25 万～30 万元后，妻子准备离职自己创业。

对于这种理财思路，刘先生心里还是没有底，想咨询理财专家是否可执行？

针对以上案例进行信息分析，理财专家认为刘先生的家庭财务安排总体上属于较合理的状况，经济基础处于相对较高的水平。首先收入指标比较高，收入总计约 18 万元/年，二是支出费用总计约 8.33 万元/年，收支比例为 46%，属于一般水平。三是投资渠道方面，股票投资 5 万元，银行存款 15 万元，偏于两个极端，缺乏中间风险和收益率的产品。因此，理财专家给出以下几个建议。

第一，以租养房以是明智之举

以现有两旧房出租所得 1200 元/月，基本可以满足新房供款所需，而且贷款利率与房租水平一般都是正向关系，同升同降，可以长期维持下去。另外，以刘先生的固定收入，已可保障家庭及老人日常生活所需。

第二，适当缩短按揭期限，着重教育投资

随着女儿小学时间的推移，真正的高投入时期还在后头，目前正常的资金积累基本可以满足其日后的需求。在住房按揭方面，15～20 年是最佳选择，经济上既可承受，又可节省利息支出，因此适当缩短按揭期限，着重教育投资是一个聪明的选择。

第三，适当降低保费额度

目前刘先生的保险支出占家庭年收入水平的 16%，属于偏高的水平。从长远来讲，应该减少那些实际收益与实际需求差距较大的投资，可采取两种途径减轻保险费用负担：停止妻子购买的投资连结险，或夫妻双方同时向保险公司申请减额（各减一半）。两种方式所造成的当下损失是一样的，可酌情选择。

第四，辞职创业要三思

创业当老板是几乎是每个人的梦想，但是在经济危机时辞职创业似乎不是一个正确的抉择。个人创业必须慎重考虑几个因素：临近 40 岁的你还是否有明确的行业目标和客户市场？除去家庭正常的开支外可投资资金是不是雄厚？

当然，如果确定项目是可行，资金方面不是最重要的问题，可考虑将旧房出售取得足够的启动资金。不过，对于上有老下有小的刘先生来说，妻子辞职选择创业还需要三思。

第五，准备适当的预备金，以备父母不适之需

虽然刘先生的父母身体健康，且有退休金，但随着年纪的增大，在疾病方面也不可不防。因此，刘先生还要为年老的父母准备适当的预备金，以备父母生病时的需要。这笔预备金可以用每月定投的方式购买基金，既可以增值，等到急用的时候赎回也很方便。

理财小贴士：投资要"避免风险，保住本金"

巴菲特曾说过："投资成功的秘诀有三个：第一，尽量避免风险，保住本金；第二，尽量避免风险，保住本金；第三，坚决牢记第一、第二条。"投资者必须留意风险，才会有能力回避风险，然后才有机会去谈收益。

因此，请记住"避免风险，保住本金"这八个字。

年收入 30 万中年家庭如何理财

现在工资水平提高了，年薪 20 万~30 万元对一些高级管理人员来说也并不难实现。在这些高收入的人群中，一般年龄都在 40 岁左右，大多身体健康，正值事业的巅峰时期。从家庭角度来看，这样的家庭一般都比较殷实，手里存钱比较多，车房基本齐全。比如下面这个案例。

顾勇今年 40 岁，就职于一家广告公司的业务经理，年收入 25 万元。妻子郭佳今年 35 岁，在一家国有公司任文职人员，年薪 3 万元。父母现已退休，每月领取的退休工资维持老两口的生活略有节余，且享受公费医疗。儿子顾波波今年 9 岁，读小学三年级。顾勇单位有小车，暂无家庭购车需求，业余爱好是钱币收藏和投资，对证券市场有一定研究。顾勇妻子在房改中已购买住房，前一时期搞装修，投入大部分资金，现已没有什么积蓄。岳父、岳母年近 60 岁，常住湖北农村，靠顾勇一家提供生活费用，目前身体健康。关于家庭的理财与规划，顾勇有如下安排。

年收入	顾勇年收入 25 万元 妻子年收入 3 万元
年开支	家庭生活日常开支一年大概 3 万元 妻子健美消费一年安排 5000 元左右 每年为岳父、岳母提供 1.2 万元生活费 夫妻俩各购买 10 份 10 年交费期康宁重大疾病保险(分红型),年交费 16420 元 顾勇每年购买 1 份中国人寿金卡,属于意外保险,年支出 280 元 购买少儿两全保险(分红型),交费期 6 年,每年交费 4600 元
紧急备用金	每年安排 3 万元,将备用金中的 5 万元以定活两便存款形式,保持一个常数
投资	每年新增 5 万元,进行金银纪念币投资 每年新增 5 万元,进行股票投资 每年新增 2 万元,进行美元投资 每年新增 2 万元,购入中国人民银行发行的熊猫投资金币或黄金

通过以上案例,我们根据顾勇先生家庭的资产和收入状况以及家庭所处的阶段,将顾勇先生的家庭理财组合划分为三个部分。

第一部分：日常消费

由于顾勇先生所处的社会地位及经济收入状况,日常生活的费用标准应比一般城市家庭略高,支出约占家庭年收入的 16.8%。这是比较合理的支出。

第二部分：教育投资

当今世界已进入知识经济时代,对子女教育的投资可谓"种瓜得瓜,种豆得豆"。在中年家庭投资中,子女教育投资是最为紧迫、最为现实、最不可或缺的投资。顾勇购买少儿两全保险,可以保证儿子的教育基金充沛。儿子 18 周岁时可领约 3.8 万元,19～21 岁期间每年可领约 2 万元,这笔款项用于支付儿子的大学各项费用。到儿子 22 岁时,还能领到约 4 万元,可作为儿子的创业资金。

第三部分：紧急备用金

与家庭现实状况相适应的家庭紧急备用金是每个家庭都不可以缺少的。但是,这笔钱留多了会影响资金的运用效益,留少了又达不到避险的目的,甚至有可能把家庭经济搞得一团糟。顾勇夫妇各有父母,年龄尚不太老,身子骨也还硬朗。但随着双方父母年龄的增大,不可预料的事将随时有可能发生,特别是疾病的发生。因此,顾勇先生每年都安排 3 万元作为家庭紧急备用金,并将 5 万元作为一个常数,以定活两便存款形式存入银行,以应对家庭中可能出现的紧急事情。每年紧急备用金剩余的钱,可作为家庭生活的调剂,即作为家庭计划外支出不足的弥补。当备用金中剩余资金超出一定范围时，超出部分可进入风险投资。

第四部分：保险和意外保障

夫妻双方购买的重大疾病保险，能够保证在疾病发生时得到保证，这是很必要的，特别是对年近中年的人来说。另外，顾勇先生因工作性质决定工作的流动性较强，搭乘飞机、火车、轮船、汽车等交通工具的频率较高，所以一份几百块钱的意外保险就能获得几十万元的人身意外伤害保险保障。

第五部分：外汇与黄金投资

由于顾勇先生已步入中年，投资应趋于中、低风险的品种，因此在证券投资方面应在基金方面多投入一些，股票投资要少一些。每年 2 万元投资黄金或投资由中国人民银行一年一度发行的熊猫投资金币；2 万元兑换成美元，以定期存款形式存入银行，都是比较合理的投资方式。上述投资可至儿子 25 周岁时截止。这种由美元与黄金构成的风险对冲，不管全球经济发生什么样的变化，它现实的购买力即货币价值都将呈现较为稳定的状态。

理财小贴士：高收入家庭的多元化投资

如果你的家庭收入相对稳定，而且属于高收入的阶层，那么可以通过多元化投资来提高资产的回报。比如可以拿出 30％～40％的资金，可以将其中的四分之一做二年期定存，四分之一买国债，四分之一买信托产品，四分之一购买企业短期融资券或者银行推出的理财产品。

未生育型中产家庭如何理财

甜蜜的小两口生活是每对夫妻幸福的回忆，因为简单、自由、潇洒。然而，生儿育女几乎是每对夫妻要步入的阶段，新生命的诞生给家庭带来了很多欢笑，也因此带来了巨大的动力。不过，预备生育儿女的爸爸妈妈们要好好努力了，清一清自家的账本，弄清自己的发展方向，看看为了即将诞生的生命，要做什么样的理财准备。

赵先生，34岁，工程师，月收入 10000 元（税后），另外还有一些出差补贴费用，年终奖约 3 万，一年下来收入可达 16 万；赵太太月收入 4000 元，另加过节费补贴等，年收入达 7 万，家庭年收入 23 万。夫妻二人的各自单位为其交纳四金。结婚三年尚未有子女，打算一年内生育子女。

他们现居住在 2001 年银行按揭买的房子里，月供 2500 元，现在还要供 15 年。这套房子现在价值应该在 90 万元左右。另外他们还有一部"标致"的车，价值 15 万，不用月供，但是各种保险费、养车护理费等等加在一起每月需支出在 2000 元左右。夫妻二人每个月基本上要花费额外的交际费用、购物、餐饮 5000 元左右。另外，赵先生一家爱好旅游，每年全家要一起出去旅游一次，有时候也带上父母，平均费用 10000 元。

弄清了自己的财务状况后，赵先生自己也设定了一个理财目标：一、准备孩子 20 年后接受高等教育的费用，做好供其到研究生毕业的经费准备；二、做好医疗等保险计划，在其个人或家庭遭遇不幸、意外时能够可以提供财务上的保障；三、希望在退休后能够维持较高的生活水准，保障他们夫妇俩人的高品质退休生活。

从上面这个案例可以看出，赵先生一家准备要孩子。现代社会，孩子是家庭的中心，很多情况下，孩子还没有来，压力就跟着来了，一边还要偿还房子贷款，另一边还要准备生育基金、教育基金等，这些都需要考验家庭的理财能力。因此，从多方面综合考虑，理财专家给出以下建议。

第一，提前偿还住房贷款

按目前赵先生的收入，可以考虑逐步提前偿还住房贷款。因为目前一年期存款税后利率仅为 2.5% 左右，而银行贷款的年利率却高达 6% 以上，最好的存款方式之一就是还贷款，这样能够逐步缩短贷款所需的期限和利息的支出，所以，提前还贷是赵先生减少家庭支出、优化资产结构的有效措施。

第二，建立子女教育基金

赵先生的家庭属于中等偏上收入家庭，尚未出生的孩子教育费用支出时间距离目前有 20 年之长，但是届时教育费用是固定支出，没有弹性。根据以往的经验，建议从现在开始每月定期定额投资股票型基金，投资 20 年，假设年均收益率 8%，则需要每月坚持定期投入 2530 元股票基金，占该家庭当前月收支盈余的 36%，不会给该家庭带来太重的经济负担。20 年后，定期定额所带来的"复利效应"完全可以轻松帮助该家庭完成子女出国留学目标。

第三，建立家庭紧急预备金

考虑到赵先生夫妻双方工作相对稳定，而准备在一年内要孩子，因此要多留出家庭紧急预备金。预备金的一部分可以存于银行活期存款保持其资金的良好流动性，其余可以购买货币市场基金或是流动性较强的人民币理财产品，在保持流动性、安全性的前提下，兼顾资产收益性。

第四，做好保险保障规划

目前赵先生一家除了单位为其准备的社会保障外，没有购买任何其他商业保险，现在的社会保障只能解决日常看病报销和基本养老问题，一旦发生重大的风险，大量的现金压力会使之前所有的资金安排都打乱。根据家庭年收入状况，建议购买信诚"福享未来"养老年金、意外伤害及医疗保险，年保额 3 万元，如发生意外身故，受益人将可获得 70 万～80 万元的保险金，受益人依然可以自 60 岁每年领取 3.5 万元，意外险 2000 元保额 100 万元。同时可以以短期缴费的形式为全家购买一份分红型保险，除了有保值增值功能外，还可以享受每年保险公司投资收益带来的分红。

第五，积极进行多元化投资组合

由于赵先生一家是属于收入比较稳定的高收入家庭，再加上原有的存款，因此，专家建议赵先生进行多元化的投资组合。一，将 25% 的收入存成储蓄，不但是家庭稳健理财的需要，也是赵先生家庭后备资金的需要。二，用后续收入的 15% 购买适量的凭证式国债，买剩余期限还有五六年的就可以。在未来五六年内每年获得 5%～6.5% 的年收益率，而且这个收益率是相当可靠和稳定的，根本不需要花什么精力。三，30% 的后续收入用于购买开放式基金。开放式基金是一种中长期的投资，买卖的价格是基金净值加上相应的手续费，基本不受市场炒作的影响。赵先生可以采取定期定额购买基金，既可以作为一种储蓄性质的基金投资方式，又可以作为今后助学养老基金的来源。四，剩余的这部分资金可以考虑投资于人民币理财产品，其投资期限较短，不太会出现资金流动方面的风险。

 理财小贴士：留足充足的家庭预备金

有了孩子之后往往会使家庭在一段时间内失去一部分收入来源，因为孩子的母亲往往不能马上上班。除此之外，孩子还需要照顾，母子都需要一定的营养补给等开销。因此，建议在家庭经济允许的范围内，留足家庭应急预备金，最少是月支出的 6 倍，资金宽裕的可以留出 12 倍。

 三口之家理财规划美丽蓝图

现在的中产阶级家庭一般都是三口之家，爸爸妈妈在上班，孩子在学校上班，一家人过着温馨而又幸福的生活。比如下面这个案例。

> 袁先生今年 37 岁，在银行任职，年收入 20 万元；妻子郭女士，今年 36 岁，是一家幼儿园的股东之一，年收入 10 万元；儿子东东今年 6 岁，上幼儿园。双方父母都已退休，有一定的存款，每月有养老金和退休医疗费，可以安享晚年生活，均不用负担太多。
>
> 目前袁先生夫妇处于事业的旺盛期，收入稳定，家庭资产比较优良，存款 70 万元。夫妇两人由于工作繁忙，很少有时间理财，基本上以存款为主。去年在朋友的建议下购买了 18 万元的偏股型基金。不过，夫妇两人除了单位上的社保之外，仅为袁先生一人购买了 10 万元保额的重大疾病保险。
>
> 因此，袁先生希望通过一个完整的理财规划，对他的家庭资产重新配置，让家人拥有一个确定的、有保障的美丽蓝图。

给一个家庭做理财规划，我们首先要考虑安全、退休和梦想三个篮子，也就是我们通常所说的理财的长期、中期和短期的概念。安全篮子放在最底层，包括家庭的应急现金和家庭成员的保险保障；退休篮子要对未来的养老和子女教育做好充分的安排；在安全篮子和退休篮子建立的基础上，通过梦想篮子实现家庭的梦想，包括休闲、旅游、度假等。这三个篮子的比例大约是安全篮子占收入的 50%，退休篮子占 30%，梦想篮子占 20%。

首先，袁先生应该为自己的家庭准备家庭紧急备用金，大约是 3～6 个月的家庭支出，在 3 万左右，对未来可能发生的突发事件做一个安排，不管发生什么事情都能够应急。这部分资金首先要考虑流动性，建议投资货币基金，等到急用时赎回方便。

从这个案例中我们还可以看出，袁先生一家的保险保障措施做得不够，仅有一份 10 万元的重大疾病保险，从目前大病的治疗费用看，额度不足。因此，理财专家建议袁先生增加 10 万保额的重大疾病保险，同时购买 100 万意外伤害保险和 100 万定期寿险，为其妻子郭女士购买 20 万元的重大疾病保险、50万元的意外伤害保险和 50 万元的定期寿险，为儿子购买 10 万元的重大疾病保险，家庭成员的保险保障额度约达到家庭年收入的 10 倍，总保费支出控制在家庭年收入的 10%。

保险就像一把家庭的安全栅，时刻保护着安全。做好保险的保障措施后，袁先生最重要的任务是建立教育基金，给儿子提供较好的教育。从目前北京市教育费用看，孩子从小学到大学毕业，教育费用大致在 30 万～50 万元之间，如果孩子出国留学，费用会更高。建议袁先生在建立教育基金时以定期定额产品为主要构成部分，年交年领的保险理财产品和基金定投产品都是不错的选择。基金定投是一种定期定额投资，平均投资能够分散风险，不用考虑投资时点，适合长期投资，积少成多。年交年领的保险产品与基金定投产品在积累教育基金时最大的好处就是以强制储蓄的效果预约一个确定的未来。

虽然袁先生夫妻二人正值事业的旺盛期，但总有一天要退休，因此尽早建立养老基金是一个不错的选择。假如袁先生和妻子在 55 岁退休，距离退休还有 18 年，退休后年限假设为 25 年。目前袁先生家庭年支出为 10 万元左右，假设退休后生活费用缩减 30%，约为 7 万元，如果每年通货膨胀率保持在 5% 左右，则在他们 55 岁退休时，每年家庭支出约为 16.8 万元，简单计算退休时所需储备退休金约为 420 万元（不考虑退休后通货膨胀率）。建议袁先生通过社保养老金和商业养老保险相结合的方式作为养老金的基本保障，选择每月定额给付的商业保险，与社保相同的给付方式，实现可以确定的养老保障。在此基础上，建议通过固定期限的投资和长期基金组合投资等方式均衡投资风险，提高养老金的收益率。

以上几方面都考虑好之后，袁先生就可考虑通过个性化投资，来完成家庭成员的梦想计划。在进行个性化投资时，要充分考虑风险偏好程度。风险偏好程度的测试显示，袁先生属于风险中立者，渴望有较高的投资收益，但又不愿承受较大的投资风险。建议袁先生在进行个性化投资时，可考虑选择偏股型基金，偏股型基金以投资股票为主，收益高，风险相对较大，可以长期持有，实现家庭财产增值。

这样，一个完整的家庭规划就做好了，呈现在大家面前是一副美丽的蓝图：有基本的紧急备用金，有保障的安全伞，有完善的子女教育金，有远景的退休计划，还有可以实现家庭梦想的投资计划。袁先生可以根据各项规划的轻重缓急及可支配收入，逐步实施家庭理财的各项计划，让全家都过上美满、幸福的生活。

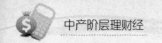

理财小贴士：理财的三个步骤

理财是一件非常个性化的事情，与每个人和每个家庭都密切相关。每个人都应该有属于自己的理财规划，理财规划并不神秘，一般来说，理财可以分成以下三个步骤。一、设定理财目标，回顾资产状况。买车、购房、偿付债务、退休储蓄和教育储蓄等，都可以成为理财目标。二、了解自己所处人生何种理财阶段。人生大致可以分为五大阶段：单身期、家庭形成期、子女教育期、家庭成熟期和退休期。三、考虑自己的风险承受能力。完成以上三步后，就可依据自己的家庭状况，选择合适的理财产品。总之，没有最好的理财方案和理财产品，只有适合自己的理财方案和理财产品。

孩子处在不同阶段的理财计划

对于一个家庭来说，储备子女的教育经费是理财的重要目的之一。教育费用的支出一种高回报的投资，即在子女成长初期，把财富用在其成长上，使之能够获得良好的教育，当子女成年以后，可获得远大于当年家长投入的财富。从这个角度来看，教育投资是个人财务规划中最具有回报价值的一种，它几乎没有任何负面的效应。

然而，把一个孩子培养成才到底需要多少钱呢？2005年年初，上海社科院著名社会学家徐安琪教授在其调研报告《孩子的经济成本：转型期的结构变化和优化》中说："不同阶段孩子的费用在家庭总支出的比重在39%左右，其中1/4家庭的子女经济成本占夫妻总收入的50%以上。"

理财专家指出，如果从小学开始算起，国内培养一个大学生的平均开销需要15万～20万元，按照现在大学生平均月薪和增长速度来计算，快的话，5～7年就可以收回投资，所以哪怕是单独从个人收入的角度来看，教育投资也还是划算的，但鉴于目前教育投资的风险在不断增加，而其边际效用却不断在减少。因此，孩子能否成为有价值的"耐用生产品"，关键还是在于做好子女教育投资的规划。

首先，不同背景的家庭以及在孩子成长的不同阶段应做出不同的理财投资规划。通常教育投资的不同需求可分为以下几个阶段。

第一阶段：孩子出生至12岁。这个阶段通常对收益的需求较高，常投资于一些高风险的投资产品，注重财富的增长，可投资于增长型的股票及基金，并随着收入增加而调整投资金额。

第二阶段：12～16 岁。这个阶段的投资仍以增长为目标，但通常加入债券来平衡整体投资风险。

第三阶段：16～18 岁。这个阶段的组合选择通常转至低风险，可供选择的工具包括短期政府债券、货币基金或存款等，父母在这阶段应能准确计算每年可以动用的教育基金。

其次，父母应该根据各自的家庭情况，为处于不同阶段的孩子要采取不同的理财方法储备教育金。

一般来说，储备子女教育金主要可通过教育储蓄、购买教育保险（商业保险）、基金投资，或者购买其他一些教育理财产品来实现。这几种方式都有各自的优势，也各有劣势，需要不同类型的家庭根据自身特点合理选择。

一、教育储蓄

教育储蓄是指居民个人为其子女接受九年义务教育之外的全日制高中、大中专、大学本科、硕士和博士研究生，而每月固定存额、到期支取本息的储蓄。教育储蓄适用的投资人范围小，使用的时候也有着较为严格的规定。它比较适合收入不高的工薪阶层，每个月有少量余钱可供孩子进行储蓄。

二、投资基金

投资基金可分为两类：一种是一次性形式投资，投资者需要准确地掌握市场走势，判断最佳的"入市"时机；另一种是以定期定投形式投资，这种方法依赖既定的投资策略及机制，适合一般投资者做教育基金和退休计划之用。目前大多数的教育经费计划皆采用定期定额的方式来投资，主要目的是使回报优于通货膨胀，利用分散投资减低风险，并且要根据每阶段的需要调整组合的投资风险。总体来说，用投资基金作为教育储备金适合具备较高财商、中等收入或以上的家庭。

三、教育保险

教育保险的优势主要在于有一定的保障功能。比如大多教育保险缴费期内投保人身故或全疾，可免缴以后各期保险费，但保险合同继续有效。家长选购教育金保险时，最好能够选择带有这些功能的产品，在筹划未来教育金需求的同时，为孩子解决后顾之忧，安排好保障事宜。它比较适合有理财和保障双重需求的中产家庭。不过，和其他教育理财模式相比，教育保险的投资回报率并不高。

四、其他投资理财品种

除了以上三种方式之外，还有不少投资理财产品可供家长选择，比如有银行针对家庭教育投资理财需求，推出了颇具特色的主题理财产品。此外，对于有孩子准备上大学而经济又比较困难的家庭来说，还可考虑助学贷款。

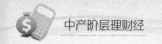

 理财小贴士：可否用投资股市的手段储备教育金

理财专家认为，股市投资有较大的风险，不宜作为教育金的主要出处，但可以作为"锦上添花"的补充部分。首先利用教育储蓄、教育保险或基金定投等方式满足子女教育的基本需求，再通过股票收益来帮助孩子提升教学品质问题，这是一种比较可行的方法。如果一定要选择股票投资来储备教育金，应精心挑选具备长期增长潜力的股票，坚持长期投资的理念。

 ## 规划养老宜早不宜迟

也许你现在是一个收入很高的写字楼金领，过着朝九晚五、衣食无忧的潇洒生活，但你有没有想过，当一生中最黄金岁月逝去后，步入夕阳般的老年时，是否还保持原来的生活水平？

目前，我国已逐渐迈入老龄化社会，60岁以上的老年人有1.3亿，占全国总人口的10％，而且每年还以3％的速度增加。当你走进证券公司，经常能看到很多上了年纪的退休老人在一起谈论昨天股票的涨跌情况。为了自己的晚年能过上比较有保障的生活，老人们选择了投资股票，但股市风险变幻莫测，原本想"钱生钱"，最后却可能落得"血本无归"。如果仅靠有限的养老金是无法保证退休后有较高的生活水平。因此，退休规划的宜早不宜迟，如果能在30岁之前就着手是最好。

一起来看看这个案例。

年近40岁的沈主任最近很烦恼，不久前看到刚退休的老同事的生活状况大不如前，能省则省，沈主任不禁开始为自己和太太退休后的生活犯起愁来。按照两人现有的收支情况，夫妻二人每月工资收入总计有8000元，还贷2000元，生活基本开支3500元，还要给正在读初中的儿子教育经费1200元，其他方面的支出1000元，这样算下来每月的收入都基本"瓜分"完了。虽说沈主任还有7万的定期存款，但更为严重的是还有20万的住房贷款。另外，夫妻二人均有社保。退休后的生活对他们来说也许是退而不休。这该怎么办呢？

从这个案例中可以看出，沈主任的财务状况并不乐观。按照 60 岁退休的话，等他退休的时候刚好才还完住房贷款，但是在这 20 年间，沈主任还要肩负孩子的教育经费：高中费用、大学费用等，另外还要留足自己的退休金等一系列问题，难怪沈主任为此感到头疼。下面，理财专家根据沈主任的家庭情况做了一份详细理财计划。

　　沈主任首先要做的是为夫妻二人建立一个退休后的养老基金。虽然夫妻二人都有社保养老金，但这很明显不够应付退休后的各种状况。根据社会平均预期寿命的情况，沈主任家庭需要能支持 30 年退休生活的养老金。现阶段每月的生活支出在 4500 元，预计退休后的生活支出会有所减少，但其他方面的支出比如健康、疾病等方面增加，所以还是建议他准备每月 4500 元的养老金。除去沈主任夫妇两人正常的 3000 元社保养老金，还需要筹备 30 年每月 1500元的自筹养老金部分，因此，当沈主任夫妇退休前，需要准备 30 万的退休养老基金。

　　筹备退休养老金的方式建议选择定期定额投入，风险小，收益又高。从现有 7 万元定期存款中追加一次性投入 3 万元作为养老规划的资金，其次以每月定额投入 1000 元来充实养老基金。在执行工具上一次性投入可以选择使用混合型股债平衡基金，而定期定额投入选择基金定投或者商业型养老保险。

　　对于退休后的养老金的使用，我们也建议采用定期定额的方式来支出使用，比如储蓄国债这种年付息的债券，选择每年年中支取利息，每年年末部提本金的方式，做到退休后有规律有计划地使用养老金。

　　在确立养老计划后，沈主任还不能大叹一口气，因为还有 20 万房贷款未还清，为孩子即将需要的教育费用也要做好准备，还有即将产生的每月的定期养老投入，因此建议沈主任一家应该尽量压缩自己的不必要支出，在支出上以理财支出为主。

　　每个人都会衰老，但没有人希望因为衰老而降低生活水平；每个人都希望能够长寿，但是没有人愿意因活得太久而导致自己有财务风险，退休规划是贯穿一生的理财计划。为了让老年生活安逸富足，应该让筹备养老金的过程有计划地尽早进行。例如：你每个月都多存 100 元钱，如果你 24 岁时就开始投资，并且可以拿到 10% 的利润，34 岁时，你就有了 2 万元钱。当你 65 岁时，那些小小的投资就变成了 61.6 万元钱了。所以，养老规划越早做，越划算。

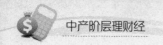

 理财小贴士：要准备多少钱才够养老

　　要准备多少钱才够养老，每个人都有不同的答案。国际上通常用的计算方法是通过目前年龄、估计退休年龄、退休后再生活年数、每年物价上涨率、现在每个月基本消费和年利率等要素估算。

　　比如王先生今年35岁，估计退休年龄是60岁，估计退休后再生活年数是25年，现在距离退休还有25年。假设他现在每月基本消费1000元，每年物价上涨率是5%，年利率是3%。退休后他每月的基本消费保持相当于现在1000元的消费水准，那么他就需要10万元左右的资金。

第**6**章
跳出误区，清醒理财

近年来，各种金融机构推出的理财产品，令大家眼花缭乱。人们纷纷将目光从最"原始"的储蓄理财转向更多形形色色的投资理财。然而，当一部分抓住了生财机遇的人钱包鼓鼓时，很多人却走进了投资理财的误区。理财投资虽说是一个技术性行为，同时也是考验投资者的心理过程。只有投资者端正自己的态度，认定目标，不为左右而动摇，不盲目地跟从热点，树立长期投资的观念，培养适合自己的"财商"，寻找适合自己的投资品种和投资方法，以满足不同阶段的理财目标，提升生活品质，才达到了真正的投资境界。

 理财心理误区，你有过吗

理财界最常说的一句话就是："你不理财，财不理你"。投资理财就是一种主动的意识和行为，不等于简单的攒钱、存钱，也不等于简单的炒股。理财是根据需求和目的将所有的财产和负债，其中包括有形的、无形的、流动的、非流动的、过去的、现在的、未来的、遗产、遗嘱及知识产权等在内的所有资产和负债进行积极主动的策划、安排、置换、重组等，使其达到保值、增值的综合的、系统的、全面的经济活动。

只是，我们在实战操作过程中往往会出现形形色色的心理误区，会导致操作失误，账户资金严重亏损。所以，认识并克服这些理财心理误区至关重要。

第一种心理：胆小怕事，盲目无知

这类人往往只对自己熟悉的行业给予肯定的目光，而对于理财投资知之甚少，常常盲目否定。眼看着别人赚得翻倍，他却一一错过，然后望洋兴叹！这类人将为钱努力一生，辛辛苦苦积攒的一点积蓄，不断被通货膨胀所吞噬，最

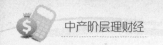

终仍然一无所有。

第二种心理：举棋不定，错过良机

具有这种心理的投资理财人，在买卖前，原本制定了计划，考虑好了投资策略，但当受到他人的"羊群心理"的影响，步入市场时，往往不能形成很好的投资组合，一有风吹草动，就不能实施自己的投资方案。还有一种情况是，事前根本就不打算炒股，当看到许多人纷纷入市时，不免心里发痒，经不住这种气氛的诱惑，从而做出了不大理智的投资决策。由此看来，举棋不定的心理主要是在关键时刻，不能做出判断，错过良机。

第三种心理：狂妄自大，自取灭亡

这类人智商不低，而且很有钱，但往往很不谦虚，自己不认真学习投资知识，很少请教也很少相信专业人士，直至一败涂地，可能还是半梦半醒。

第四种心理：自欺欺人，自相矛盾

俗话说："买的从来都没有卖的精"。然而有些人却宁做买方，拒绝做卖方。比如，如果房价真的上涨，作为开发商无疑会比购房者赚得更多；如果房价下跌，买房显然亏损，而开发商还有可能存在微利。尽管如此，有些人看好房价会涨，仍然坚定地买房子，却拒绝买进同等价值的地产股票。

第五种心理：把金融市场当赌场

具有赌博心理的投资者，总是希望一朝发迹。他们恨不得抓住一种或几种理财产品，好让自己一本万利，他们一旦在投资中获利，多半会被胜利冲昏头脑，频频加注，恨不得把自己的身家性命都押到市场上去，直到输个精光为止。当行情不好时，他们常常不惜背水一战，把资金全部投在某种理财产品上，比如股票，这类人多半落得个倾家荡产的下场。市场不是赌场，不要赌气，不要昏头，要分析风险，建立投资计划，买卖某种货币宜先建立投资资金比例。

第六种心理：不分周期，盲目操作

孙子曰：胜之在敌，不胜在我。有些人顽固追求长线投资，有些人顽固追求短线投资，多数情况下都是错误的。多数行业是周期性的，周期到了，盲目坚持，损失的只能是自己，比如录音机、呼机，周期一过必须转产，你生产的呼机质量再好也没人要。

第七种心理：生性多疑，贪得无厌

有的人听说什么赚钱，先怀疑，再观望，左思量，右考察，等别人赚钱成功了，自己才开始试验，成功了，再投入，而到那时，往往赚钱机会消失，风险真正来临。当别人赚钱后，他投入一点点尝试介入；别人赚大钱后，他加码；投资机会即将结束，专业人员撤资时他全线跟进，最终悉数套牢。

第八种心理：不问风险，简单分仓

这类人往往懂一点理财知识，但只有一知半解，简单地将资金划块，或债券、股票、地产组合，或股票、期货、外汇、黄金。在不懂风险的情况下，哪种投资都可能亏损。

第九种心理：自以为是，唯利是图

有这种心理的人经常寻找各种投资机会，但又搞不清风险与利润关系，常常乐此不疲参与，一旦出事则欲哭无泪。

以上九种投资心理比较典型。回过头来，看看自己有没有走入类似的误区，要知道真正的投资是因时制宜、实事求是，该投资则投资，该放弃则放弃，赚了不要太高兴，赔了也不要太伤心，因为理财是一生的计划。

理财小贴士：把握理财时机很重要

理财和其他人生理想一样，也需要把握一定的时机，否则也会有错失时机的失败和痛苦。很多著名的成功人士，从小就能主动学习理财方面的知识，并能把握理财的时机。

沙特企业家萨利赫·卡米勒以大约 40 亿美元的资产位居阿拉伯世界财富榜的第四位。在他还是孩童的时候，他就会用羊骨头做一种被称为"卡布斯"的民间小玩具，卖给他的同伴。进入中学阶段后，他开始制作学习笔记卖钱，甚至还进行过进口生意的探索。就这样，萨利赫·卡米勒的独特眼光总能帮助他把握住时机，创造财富。

跳出保险理财七大误区

在纷扰的社会中，风险无处不在，虽然个人没有能力预知或阻止风险的发生，但聪明的理财者总会为自己找到合适的理财方法，即选择购买保险去转移、分散风险，使自己在发生损失时得到最大程度的补偿。然而，购买保险看似是给付钱，给予保障的简单过程，其实这并不简单。很多人都陷入了"重投资，轻保障"的保险理财误区，主要表现在以下七个方面。

误区一：只要存了钱，没必要再买保险

很多人喜欢把钱存在银行，认为这是最保险的办法，而没有必要再买保险。保险和储蓄虽都是防范风险的办法，但它们之间的区别还是很大：储蓄可随时存取，灵活性很大，但万一遇到重大事情，钱还没攒够，难免陷入困境；如果你购买了保险，遇到重大事情急需用钱时，能把风险转移给保险公司，利用获得的保险金有助于渡过难关。

误区二：只给孩子买保险，忽视给自己上保险

一般来说，买保险最好遵循"先大人后孩子"的原则，先把"家庭支柱"保障好，因为大人也是孩子的"保险"，只要大人健康地工作和生活着，孩子的生存状况一般不会差到哪里。如果作为家庭的主要经济来源的大人发生了意外，孩子即使上了保险，其生活质量、学习环境以及身心的健康发展也是个不确定的因素。

误区三：投保险种越多越好

有的人为了让自己的提高安全系数，一下子投了很多险种，其实这种做法并不可取。选择一定数量的保险险种投保，自然会有良好的收益，但是，不考虑自己的承受能力，无论什么险种都想买，也是不合实际的。尤其是购买一些长期投资的险种，需要十年、几十年的交费，一旦过度就会产生经济承受问题，过几年后再退保，肯定会蒙受经济损失。如果把买保险的钱投到其他途径上，说不定还能大赚一笔。

误区四：自己年轻不用买保险

不少中产阶层认为自己身强体壮、抵抗力强，患大病的概率是非常小的。然而，年轻不等于不得病，现代社会在充满机遇的同时，也给人带来了巨大的挑战和压力。有资料显示，我国约有 70％的人呈亚健康状态，从事研究工作的脑力劳动者是最易进入亚健康状态的人群之一。实际上在保险费上，越年轻买缴费越低，而且可以尽早得到保障。另外，买保险还是一种"强制储蓄"，可以帮助你养成良好的储蓄习惯。

误区五：有了社会保险就不用再买保险

社会保险是由政府主办的一种基本生活保障，覆盖面比较广，但社会保险注重平等，保障水平比较低，而商业保险的保障范围比较广泛。社会医疗保险的自费部分需要商业医疗保险进行必要的补充，如果购买住院补贴类商业医疗保险，可用一定金额的住院补贴来弥补社会医疗保险费用报销的不足部分。一般重大疾病的治疗费用少则几万，多则达几十万，而社会医疗保险在统筹基金的应用上通常规定了最高支付限额，在药品的应用等方面也有一定的限制。目前，不少保险公司推出的重大

疾病保险都是确诊即给付保险金，让被保险人在不幸患上重大疾病的同时，可以得到一笔可观的医疗费用作为救命资金。因此，有了社会保险也还需要商业保险作补充。

误区六：重复投保是双重保险

有的人为了提高自己防范风险的能力，在多个保险公司投保，且不知这样浪费了很多钱财。根据《保险法》规定，重复保险的保险金额和超过保险价值的，各保险人的赔偿总额不能超过保险价值。意思是，不能在两个保险公司投相同承保内容的险种，出险时，两家保险公司理赔的保险金额各承担一半。

误区七：出了事故没有及时通知

张先生家中意外被盗，过了半个月后无意上发现一张保单，他才想起自己参加了家庭财产保险，于是就赶紧到保险公司提出索赔，然而保险公司拒绝索赔。原来依据《保险法》规定，"投保人、被保险人或者受益人知道保险事故发生后，应当及时通知保险人"，以及家庭财产保险条款中规定，"被保险人发生保险事故后，应当在 24 小时内及时通知保险人，否则有权可以拒赔"，向投保人发出了拒赔通知。

理财小贴士：购买保险应量入为出

一个理智的消费者，应根据自身的年龄、职业、收入等实际情况，适当购买人身保险，既要使经济能长时期负担，又能得到应有的保障。因此，购买保险前，应计算清楚现有的收入水平及将来可能的收入能力，以保证在今后有足够的支付能力，以防投保数额过大、交费过高而影响家庭正常生活开销。此时如果退保势必要造成损失，保费一般是不超过年收入的 10％ 较为合适。

走出"只赚不赔"理财误区

2007 年，股市、基金出现了极好的行情，让一部分投资者产生较高期望值，使投资欲望更为强烈。由此，证券市场有一个甚为明显的变化，众多股民摇身变为"基民"，放眼望去，满城尽是"基金客"。

为能赶上这股"理财热潮"，靠基金捞上一笔，2007年5月，郭小姐狠狠心将大额定期存款拿出来投资基金，每天晚上下班第一件事情就是打开电脑，看看今天涨了多少。"养基"半年后，郭小姐已经收益了20%。由于她选择的是分红再投资，就没有赎回，而且期待着能用"利滚利"的方法让自己收益更多，最高的时候，郭小姐的收益率达到了50%。可是好景不长，2008年3月时，郭小姐的基金收益降了30%，但她并不死心，认为指数下跌只是暂时情况，牛市是不可逆转的。然而，2008年7月，郭小姐所投资的基金不仅没有赚钱，而且还亏了20%。对此，郭小姐很无奈地说："不是说基金稳赚不赔的吗？怎么最后还是赔了呢！"

其实，案例中的郭小姐陷入了一个理财误区。要知道，这世界上没有只能赚钱不能赔钱的买卖，任何投资都有风险，只有树立正确的理财理念，提高正确运用避险工具和风险投资工具的能力，才能真正有助于理财。

谈到理财，有人肯定会想当然：理财很简单，就是通过追求高收益来使财富快速增长。理财不就是将10万变成50万，最后50万还能变成100万嘛！于是，在这类理财"歪"念的"指导"下，一些人便在股市、邮市抑或汇市神话的诱惑下，做起了一夜暴富的美梦。此间，把理财当发财者有之，把投机当投资者有之，把基金当储蓄者更是大为有之。

类似于郭小姐的人还有很多。有人初涉市场便撞"头彩"，不但输了不少，还可能背上一屁股债。也有些刚"下海"时曾捞着甜头，但一个没注意便被"海水"呛了个够的人，投资资本大幅缩水。于是，市场跌了，这些人就开骂了，甚至指责对市场走势存有不同看法的人。

其实，这些投资者之所以失败，显然还是没有端正理财理念，至少他们没有认识到，投资工具是一柄双刃剑，没有最好，也没有更好。作为投资者，若想投资有本有息，那么伴随这种投资的就将是较低的收益；而若想投资获得较高回报，那就将同时承担较高的风险。尽管国内理财市场发展也就是近几年的时间，但前人已经在总结正确的理财理念方面，给后人积累了不少的经验与教训。只不过，知易行难！好比虽然人人都知道炒股就是为赚钱，但若总以赚赔为标准去操作，往往难以收效。

相反，若不以赚赔为标准，而以涨跌的"节拍"去操作，则能使上涨时有赚头，下跌时能避险，最终使资金顺利增值。

天下没有免费的午餐，同样，天下也没有无风险的高收益，要想获得超额收益，风险是不可避免的，只是风险的大小不同。一般情况下，高收益一般也有着较高的风险，两者呈正比关系。如何判断个人理财产品的价值，并在众多产品中挑选出最适合自己的，还需要仔细权衡。市场就是市场，它有自己的游戏规则和运行程序，并非如投资者一厢情愿般总是"朝阳满天"，永不坠落。

 理财小贴士：索罗斯的投资策略中最重要的原则

认赔出场求生存是索罗斯的投资策略中最重要的原则。眼明手快，见坏就闪是索罗斯求生存最重要的方式。

索罗斯认为，人类对事情的认知是不完整的、有缺陷的，所以人类的思想天生就很容易出错。而他自己之所以能够很快觉察过错，势必拥有较为敏锐的心志以及高人一等的勇气。

 ## 走出传统理财误区——节俭难以生财

长期以来，我国的储蓄一直居高不下，在西方人看来不可思议，但在国人看来就很简单，原因是我国目前生活成本的压力巨大，教育、医疗、房地产等这些与生活息息相关、密不可分的领域长期以来收取的费用居高不下，并且逐年增长。

据一份有关调查显示，50～55岁的公众中，有58.6％的公众同意"节俭生财，这是理财的关键"，且随着年龄的增大，持有此观点的人越多。这说明我国居民的理财观念正在不断更新。年纪越大的人，越赞同节俭生财这一观点；收入越高的公众赞同这个观点的越多。越来越多的人认为，想要理财，必须先做好节俭。

俗话说"由俭入奢易，由奢入俭难"，在生活不断提高的今天，越来越多的人生活水平发生了巨大变化，大家外出吃饭的次数增加了，换了更好的车子，甚至还会买更大的房子……人的欲望总是无止境的，而在理财的道理上却需要那么一点点节俭的意识。节俭是对劳动成果和物质财富的珍惜和爱护。大仲马说："节约是穷人的财富，富人的智慧。"还

有一句话是这样说的，"节约本身就是一个大财源"。可见，节俭对理财来说是多么重要。生活中，当我们少花 50 元钱的时候，其实就等于赚了 50 元。

然而，在削减开支和努力提高现有生活水平之间，多数人会选择后者。他们永远都想要更好的车子、更大的房子和更高的薪水，而一旦得偿所愿，他们就很快变得不满足。学术界将之称为"享乐适应"或是"快乐水车"。当升职或是新房新车带给我们的兴奋逐渐消退时，又会去开始追求别的东西，如此周而复始，如果这种现象不加以限制，往往会带给我们巨大的经济问题。

也许你会说，节俭不就是像葛朗台一样的吝啬，而真正的大富翁花钱都很爽快，花钱如流水。如果你这么想，就大错特错了。越有钱的人就越吝啬，因为他们深知自己所赚的每一分钱都来之不易，因此就很珍惜。不信，你就看看巴菲特，看看李嘉诚，看看比尔·盖茨等富豪的生活。

2006 年度福布斯全球富豪榜上排名第四位的是瑞典宜家公司的创始人英瓦尔·坎普拉德，他是一个拥有 280 亿美元净资产和 202 家分设在世界 30 多个国家的连锁店的大富豪，而同时他也是一个非常节俭的人。法国路透社的报道这样描述他："他开着一辆已经有 15 个年头的旧车；出门乘飞机向来只坐便宜的'经济舱'；生活需要一般都买'廉价商品'，家中大部分家具也都是便宜好用的宜家家居；他还要求公司的员工用纸的正反两面都要写字，不准浪费。"

类似节俭的富豪们还很多，他们都有一个共同的特点——崇尚节俭的人生理念，通常，他们把节俭作为一种自律。他们的收入可观，可是在消费上却要精打细算，该花钱时候一定要花钱，该节俭时必须节俭，日子照样过得津津有味。

当然，我们所说的节俭不是过去那种节约一度电、节省一分钱的概念，也不是一件衣服"新三年，旧三年，缝缝补补又三年"的口号。而是对过度奢侈和烦琐的一种丢弃，崇尚的是一种简单的生活。不是以不消费或是减少消费为节俭标志，而是在正确的理财理念下用尽量少的钱获取尽量多的享受，满足尽量多的要求。

因此，节俭是一种理财方式。节俭不是自虐，不是对自己、对别人的一毛不拔，而是用最合理的安排获取最高的收益。节俭是一种理财的哲学，是一种生活的乐趣，是聪明人的行为艺术。

理财小贴士：真富翁会低支出的秘诀

有人说，高收入的不一定是富翁，而真正的富翁却往往懂得低支出。事实上，不懂得低支出理财理念的人迟早会被甩出富人的国界，而懂得低支出之后却往往还能东山再起。

美国有一项专门针对身价超过百万美元的富翁的调查，结果发现高收入的人不一定会成为富翁，而真正的富翁却是那些懂得低支出的人。这些富翁们很少换房子、买车和乱花钱，很少乱买股票。大多数人时常请人给鞋换底或修鞋，而不是扔掉旧的。近一半的人时常请人修理家具，给沙发换垫子或者给家具上光，而不是买新的。近一半的人会到仓储式的市场上去购买散装的家庭用品……这些平常人看起来近乎小器的行为恰恰是成就富翁的途径。

 ## 理财别陷入省钱误区

世界首富比尔·盖茨以他独特的财富观，赢得了世人的尊重。对于花钱，他曾经有过这样一个比喻："花钱如炒菜一样，要恰到好处。盐少了，菜就会淡而无味，盐多了，苦咸难咽。"把这句话用在省钱上面，也是同样的道理。

省钱是一种生活的态度，是一种生活的智慧。省钱是理财的开始，同时也伴随着理财的整个过程。然而，不少人很容易陷入误区，或大手大脚，或因小失大，或贪图小便宜，或极其吝啬，或甚为奢侈……这些误区，多多少少地阻碍着你通往财富的道路，让你得不偿失。关于省钱的理财误区，主要表现在以下几个方面。

第一个误区：买椟还珠，取小失大

现在的商家越来越精明，仿佛能看透消费者的内心，抓住"便宜"、"省钱"等字眼，推出了名目繁多的促销活动，尤其是那些提高原价，实行买几百送几百的促销手段，看上去购买产品的平均成本下降了，可是总支出却在这样的活动中增加了不少，买回了一堆看上去便宜的商品，却忘记了"省钱"的根本目的。

前不久，北京的徐小姐一不小心就陷入了这样的误区。徐小姐办了一张信用卡，听说该卡还能刷卡积分换礼品，徐小姐很是喜欢。按照信用卡中心所规定的活动办法，只要这个月的消费比上个月高出 2000 元，就可以获赠一套名

牌美白化妆品。而恰巧这套化妆品是自己所需要的，现在一个月只需要比上个月增加 2000 元的消费，就可以免费地把这套化妆品搬回家。

然而，冲动的徐小姐并没有静下心来细算一笔账：一套名牌化妆品价格也就在 500 元左右，可是为了这套化妆品要多花 2000 元，这到底是赚了还是亏了呢？

所以，每次购物前，大家都要在心里盘算盘算，把钱花在刀刃上，不要买椟还珠，取小失大。

第二个误区：奢侈王和吝啬鬼

生活中，有些人对于"省钱"有着天生的排斥，觉得省钱是一件"放不上台面"的事情。事实上，省钱并不是吝啬和小器，而是通过各种资源的巧妙运用，减少支出与成本，对个人来说，可以加速财富的积累；对社会来说，则是减少了对资源的浪费。

但是，奢侈王对此有自己一番理论，他们最常说的一句话是："钱是赚出来的，不是省出来的。"每个人都知道，要理财，先要有"财"可理。很多人都以为，"财"来自于勤恳工作换来的加薪，"财"来自于资本市场上的狠赚一笔，有的人甚至认为，"财"来自于幸运彩票的一夜暴富。然而，他们并不知道，如果消费的速度大于收入的速度，就如同英国历史学家巴金森提出过的"巴金森定律"所描述的那样："赚越多、花越多，最后财富还是无法增加，更谈不上理财了"。因此，收入的提高固然是重要的，但是也只有开源与节流齐头并进时，才可能赢得财富的快速增长。

与奢侈王相反的，就是吝啬鬼，就像葛朗台般吝啬地对待自己的每一分财富，不舍得吃、不舍得穿、不舍得玩，惟有把银行的存折本当作"世界上最好看的书"。对于这样的省钱，同样也是不值得提倡的。理财的根本要义是平衡现在与未来的财富，保障我们一生的幸福生活。聪明的省钱，是一种平衡的智慧，既要把钱花在刀刃头上，又不要省得太痛苦。

第三个误区：省小钱花大钱

理财界有一类人很奇怪，对花"小钱"显得异常地谨慎，比如购买一个几十块、上百块的东西，也会多方听取意见、货比三家，做到精明消费。可是对于那些投入较大的花费上，却显得不那么谨慎。一个最常见的例子就是在投资上，很多人在进行股票投资时，往往听风就是雨，凭着一个小道消息，就会把几万甚至几十万元的资金投入在内。然而，这些大笔资金造成的损失和浪费，往往抵得过一两年省下来的"小钱"。

如果你把在小事上的节俭精神用到购房、买车、投资这样的大宗支出上，那才叫真正的理财。

理财小贴士：富豪们的省钱妙招

一般人认为，富豪的标志是开豪华轿车，住独栋别墅，花钱都不眨眼的。事实上并不是这样，他们都有自己的省钱妙招。比如股神巴菲特的衣服总是穿破为止；最喜欢的运动不是高尔夫，而是桥牌；最喜欢吃的食品不是鱼子酱，而是爆米花；最喜欢喝的不是 XO 之类的名酒，而是可口可乐。而中国富豪李嘉诚的衣着是有目共睹的，平常一贯穿一身并不是名牌的黑色西服，手上戴的手表也是普通的，在他成为富豪之后，他有很长一段时间只用一块电子手表。类似的富豪还有很多，在此无法一一列举，但几乎大部分富豪都会养成省钱的好习惯，为自己的财富增值，也为大家树立一个好榜样。

切莫陷入外币储蓄理财的误区中

近年来，外汇理财产品凭借比较高的收益率吸引了不少投资者。各家银行纷纷推出了不同收益率的外汇理财产品。那么，当你准备走进外汇理财时，你又对其了解多少呢？你是否知道外汇理财还有不少误区呢？

误区一：不分钞户、汇户

我国外汇储蓄账户按性质划分可分为现钞账户（钞户）和现汇账户（汇户）。简单来说，存入外币现钞而开立的账户就是现钞账户，从境外汇入或持有外汇汇票则只能开立现汇账户。

在符合外汇管理规定的前提下，汇户中的外汇可以直接汇往境外或进行转账，而钞户则要经过银行的"钞变汇"手续之后才可办理，无形中增加了手续费。另外，如果兑换成人民币，钞户汇率要低于汇户汇率。

因此，理财专家建议选择外汇投资的储户尽量保留汇户中的外汇，如需外汇现钞，则用多少取多少，以免不必要的风险和损失。

误区二：利率统一规定，存哪儿都一样

根据央行 2004 年公布的规定，我国实行"300 万美元以下外币小额存款利率，以人民银行公布的外币小额存款利率为上限，根据国际金融市场利率变化情况由商业银行自主确定"的原则。因此，各银行对于外币的存款利率有一定的自主决定权，既然存款利率由银行自己说了算，那自然就会出现定价不一

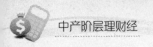

的情况。比如，同样是两年期美元定期存款，有的银行年利率为2.750%，有的则为3.375%，相差0.625%。

因此，投资者在选择外汇储蓄时一定要"率比三家"，巧选银行，不要认为存哪儿都一样，要不然吃亏的肯定是你自己。

误区三：外币储蓄不如购买外币理财产品

据普益财富网公布的数据显示，目前六个月美元理财产品的年化收益率在1.2%左右，六个月期欧元产品的年化收益率在1%～1.3%之间，六个月期澳元理财产品的年化收益率在2.5%～2.8%之间。而各大银行的外汇储蓄利率却高于外币理财产品，比如民生银行、华夏银行、浦发银行澳元的活期存款利率可以达到1%，而农业银行澳元一年期存款利率更高达3.65%。从数据对比来看，外币理财产品的收益率已经不具备优势。

因此，尽管外币理财产品层出不穷，但具有高安全性、流动性和低风险性的储蓄存款仍是外币投资中最基本的选择。

误区四：相对人民币升值，所有外币都贬值

人民币的不断升值，弄得所有投资外汇储蓄的人都人心惶惶，是不是所有外币都贬值了？事实上，在我国目前的汇率制度下，只有当非美元货币兑美元的汇率增幅低于美元兑人民币的贬值速度时，才发生贬值现象，而目前欧元、英镑等非美元货币并未发生上述现象，投资非美元货币的外汇理财产品受人民币升值影响的可能性较小。

投资者可优化手中的外汇储备结构，考虑把单一的美元换成一部分日元、新元或是澳元。因为汇市在不断变化当中，也许今天美元跌软，明天就会突然走强。如果手头外币品种比较多，此消彼长就能抵消一些损失。

 理财小贴士：投资外汇理财产品要看是否有提前终止权

收益高便意味着承担的风险大。外汇理财产品一般分为银行拥有提前终止权和客户拥有提前终止权两种。银行拥有提前终止权的外汇理财产品收益率就相对比较高，但是只要收益率持续在利率浮动高端区间，银行一般都会提前终止，客户虽然享受到了较高的收益，但是持有的时间也比较短。如果客户拥有提前终止权的外汇理财产品，投资者就要付出收益率相对较低的成本，有些外汇理财产品的赎回手续费也是比较高。因为提前终止，会让银行措手不及，不但造成原预测的收益无法兑现，银行还有可能承担更大的损失。收取违约金只是作一小部分的弥补。

警惕大幅降息后的理财误区

金融海啸席卷全球，各国纷纷调整货币政策挽救经济。从 2008 年 11 月 27 日起，央行大幅下调金融机构一年期人民币存贷款基准利率各 1.08 个百分点，其他期限档次存贷款基准利率作相应调整。这是央行 2008 年内第四次降息，幅度为 11 年来最大，此前三次均为 0.27 个百分点。

连续降息让很多人有点茫然不知所措，人们不禁质疑："把钱存在银行还合算吗？能不能找到其他更好的投资渠道呢？"对此，理财专家的意见是：降息之后人们会反省自己的理财方法，这说明现代人的理财意识很强，但是理财也要把握好方向，提高警惕，千万不要走进理财误区。

第一个误区：低利息时代的到来，把钱存银行太不合算了

每次降息后，很多人都后悔没有及早将活期存款转为定期，这让不少以储蓄为主的投资者直呼不划算。于是，有些人干脆考虑放弃银行储蓄，转而寻找收益更高的投资渠道。如果你有这种想法，就大错特错了。

对于绝大多数投资者来说，传统的银行储蓄是不能舍弃的。普通投资者在考虑投资收益的同时，不能忘记投资风险的隐患，特别是投资者类型的不同，适合的投资产品也不尽相同。而对于年龄偏大、风险承受能力偏低的人群来讲，不可预知的风险往往是始料不及的，而银行定期储蓄存款则是后备军，利息收益稳定的同时，还具有很高的资金灵活性。

因此，不能因为利息收入一时的降低，而抛弃储蓄存款，仍然要将传统银行储蓄作为基础投资方式。当然，低利率时代，适当追求一些稳妥的高收益渠道未尝不可，但一定要适度保持一定的储蓄额度，以实现家庭理财的合理配置。

第二个误区：贷款比存款更合算

降息之后，就有很多细心的人发现：存贷款利率居然出现了倒挂，个人住房贷款利率优惠后居然低于同期存款利率！于是，有人号召大家现在就算有钱买房也要去贷款。

这种观点实际上是非常片面的。从银行方面来说，此次降息及调低存款准备金率后，银行可用于放贷的资金更加充裕，而且降息后，银行之前担忧的 7 折房贷利率导致利率倒挂的现象也不存在了。降息后五年以上存款利率为 3.87%，贷款利率为 6.12%，7 折房贷利率为 4.28%，

比同期存款利率高出 0.41 个百分点。按照降息之后的政策规定，现在只针对个人购买第一套住房的客户才能享受最低 7 折的利率优惠，而且目前商业银行执行标准上有一定的差别，在一定程度上限制了所惠及的人群，同时，贷款要交纳评估费、保险费等各种杂费，实际贷款成本比同期存款仍然高出不少。

第三个误区：买债券、债券型基金没有任何风险

在降息的背景下，债券型基金是中产阶层投资者选择的热点投资品种。债券型基金投资方式比较灵活，可以通过有效操作短期获利，但是该产品的投资特点决定了它具有一定的投资风险。因此，债券型基金比较适合具有一定风险承受能力、短期内没有资金需求、追求长期投资收益的投资者。

不可否认，金融危机给我们带来了一定的影响。作为中产阶层投资者，降息背景下更应该找准自己的理财目标，选择合适的投资方式，通过专业、智慧、时间来与我们所不能掌控的经济环境进行博弈，通过合理的理财方式来最终达到我们所追求的理财境界。

 理财小贴士：大幅降息后该如何理财

大幅降息后，中产阶层投资者该如何聪明理财？主要有以下三种方法。

一、选择货币市场基金。货币市场基金以本金安全，流动性好广受普通市民的青睐，大幅降息后投资货币市场基金的收益也节节攀升。在降息通道中，货币市场基金是很好的选择。

二、债券类投资产品。债券投资方式主要有国债、债券类理财产品和债券基金三种。对于不愿承担风险的人来说，国债是不错的选择，可以提前锁定较高的收益。而债券类理财产品经过了前期的风光后，在大幅降息的背景下收益率也有所减少，但与同期存款收益相比优势仍然存在。而债券型基金是债券类产品中直接受益最大的品种。

三、逢低买入美元。人民币兑美元经过一年多的升势后渐显疲态，对于那些在高位抛出美元的投资者不妨现在可以分批买入美元，后期人民币兑美元可能会略有贬值，况且目前国内美元的存利率已超过人民币，并且兑各种外币仍显强势，买入美元也是一种可以投资的品种。

投资理财误区之患得患失

患得患失或许在日常生活中我们遇见得不多，但一旦和投资理财挂钩，投资者难免会有这样的心态：现在买入会不会赔钱呢？如果不买，万一涨上去，那不是错失良机？买了这个，万一我看好的另外一个表现更好，那岂不是非常冤枉？种种担心，在投资人的头脑中挥之不去，就像下面案例中的张女士。

前几年，股市异常火热，连拎篮子的大爷、大妈都在炒股，一直坚持不跳进股海的张女士，也按捺不住了。那时，正好B股开放，张女士一下投了2000美元，开始买了一只化工股票，等了一个星期，第一次交割就赚了两三百美元，尝到甜头后，又追加了1000美元，买了两只科技股。交割后，每股又赚了0.15美元，等到第三次进去，却没有前两次那么幸运，股市像泥石流一样崩溃了。由于张女士没舍得割肉，股票被套牢了。

事后，张女士非常惋惜地说："要知道就买基金了，至少基金风险不会那么大，而且还能收益。"后来，张女士听一位老同事说投资房地产升值空间大，有的人一年就赚好几百万呢！这回，张女士犹豫起来了：买房地产真的那么赚钱吗？万一亏了呢？我就血本无归了。可万一真赚钱了，我就错失了一个发财的机会……

理财界类似张女士这样的投资者还有很多，他们随着投资的深入，思想总在做强烈的斗争，内心就像走钢丝一样，怕偏离这边，又怕少了那边，怕赔了，怕少赚了。他们的思想完全被所投资的项目占据。然而，当一个人的思想完完全全地没有了自主权，他的心态肯定更加容易失去平衡，更容易患得患失。

其实，无论是基金、股票、期货、黄金、外汇……种种金融投资工具，一旦投资人没有一个适合自己的投资体系、没有一条或者几条投资主线、甚至没有日常操作的原则和纪律，那么患得患失一定会时常光顾。

那么，投资者具有患得患失的心理会产生怎样的弊端呢？

患得患失会让投资者更加着眼于短期利益，忽略长期目标，在短期利益和长期目标相悖之时，非常容易打乱原来的通盘计划和考虑，以致步履凌乱。这种"痛苦的煎熬"会让投资者产生万分矛盾的心理，更容易让投资者做出错误的决断，从而严重影响收益水平和风险暴露程度。另外，患得患失更会让投资者错失太多的机会，如投资机会、买入机会、卖出机会等，在失去稍纵即逝的机会外，也会大大影响投资心态，甚至是长期的投资状态。

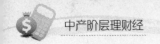
因此，患得患失在投资中有多种弊端，投资者一定要时刻检查自己的投资行为，端正自己的心理，不要无端地陷入这种困境。

那么，投资的道路上波折不断，投资者该如何远离患得患失呢？

首先，要自我反省，追根溯源，对症下药。患得患失的本源是对投资环境和投资标的了解不透彻，没有明晰的投资规划，不能恪守正确的投资纪律。因此，一个比较成熟的投资者需要有基本的分析能力，并建立一套有效的分析系统，无论是基本面、技术面、心理分析，不怕个性化，只怕没有自己的东西，然后需要制定适合自己目标和能力的投资计划，制定一套严格的投资纪律，并贯彻始终，不能因为短期的小利而放弃原则。

其次，投资者要管好自己，要把意念管好，不要心猿意马，不要患得患失。患得患失的人，往往慢半拍。主动出击是创造绩效的一大法宝，但是它是以意念为前导，而非跟在现象的背后瞎搅和，只有意念清晰的人，才能把自己管好，否则学再多理论，听再多消息，也是无济于事，只是徒增困扰而已。要把自己管好，先把自己定位好，定位好之后才有定力，有了定力才能排除现象的干扰，做现象的主人，不做现象的奴隶。

理财投资虽说是一个技术性行为，同时也是考验投资者的心理过程。只有投资者端正自己的态度，认定目标，不为左右而动摇，不盲目地跟从热点，树立长期投资的观念，培养适合自己的"财商"，寻找适合自己的投资品种和投资方法，以满足不同阶段的理财目标，提升生活品质，才达到了真正的投资境界。

 理财小贴士：理财的三大境界

清代学者王国维在《人间词话》中将立业和治学的阶段分为三种境界，将这三种境界用在理财投资界同样意犹未尽。

第一个境界："昨夜西风凋碧树，独上高楼，望尽天涯路"。各种理财产品的推出催生了大批投资者，不过多数人还停留在这一境界。他们虽已意识到投资理财的重要性，但投资知识贫乏，风险意识薄弱，在操作上以最终收益率为目标不停地追涨杀跌，患得患失。失望呀！

第二个境界："衣带渐宽终不悔，为伊消得人憔悴"。这一境界的投资者逐渐淡忘了数字的变化，又开始有了恐惧。他们似乎对投资理论、投资品种无所不知，对各种理财工具也如数家珍，但整天却忙碌于是选择这个理财产品，还是选哪个？没有享受到基金投资"专家理财"的那份快意与超然，怎一个累字了得！

第三个境界："众里寻他千百度，蓦然回首，那人却在灯火阑珊处"。经过多年的实践，成熟的投资者开始关注资本市场发展的大趋势、基金公司的治理结构、投资理念等问题，能够把握投资理财的核心，最终寻找到适合自己的产品，在操作上也信步闲庭了。好啊！

 ## 注意五种错误的理财方式

近年来，各种金融机构推出的理财产品，令大家眼花缭乱。人们纷纷将目光从最"原始"的储蓄理财转向更多形形色色的投资理财。然而，当一部分抓住了生财机遇的人钱包鼓鼓时，很多人却走进了投资理财的误区，不仅不能使自己的资产得到预期的增值，还亏了不少，即便有人还算幸运保住了本，但耗费了大量的精力，显然这有点得不偿失。

那么，理财投资有哪些错误的方式呢？大家该如何找回正确的理财方法呢？理财专家给你支几招。

一是把鸡蛋放在多个篮子里，追求多而全的理财方式

这类投资者的投资理念是鸡蛋不能放在一个篮子里，多尝试各种理财产品才能分散投资风险。所谓"东方不亮西方亮"，总有一处能赚钱。于是，买股票，买基金，买外汇，买钱币，还买保险，分散了资金，想做到遍地开花，可是一年下来，投资成绩却不尽如人意，股市亏了、外汇下跌、钱币没得动静，只有基金挣了钱，可惜又不多，到头来哪种理财也没做好。

虽然多而全的理财方式有助于分散投资风险，但是却分散了资金。把鸡蛋放在多个篮子里，会让投资者没有足够的精力关注每个市场的动向，使得投资分析不到位，结果可能在哪儿都赚不到钱，甚至会出现资产减值的危险。

对于资金量较多的投资者而言，追求广而全的投资理财方式能有效地分散投资来规避风险，但对于像资金不多的投资者，在初涉投资领域时不应该把资金分散过开，只有把优势的兵力相对集中，投资在自己最懂或有时间打理的领域，才能使有限的资金实现最大收益。

二是资金投入不果断，总想等待最佳投资项目，结果往往是错过了赚钱的大好时机，为守株待兔的方式

这类理财投资者的特点是：每一个理财产品都不多买，每一个也不错过，因为不同类型的理财产品可以分散不同程度的风险。结果一年下来，他的平均

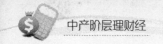

收益率却大大低于他的预期收益率。

因此，理财专家建议，不同的理财产品适合不同的人。对于不愿承担较高风险的人来说，可以投资平衡型基金，适当匹配偏股型基金，但是基金品种不应该超过4个。此外，为规避单一投资带来的风险，投资开放式基金建议采用定期定额购买基金的投资方式，从而分摊基金投资风险。

三是目光短浅，短线投机，不注重长期趋势方式

这类投资方式主要集中在股票投资上，目光短浅的投资者一般都乐于短线频繁操作，以此获取投机差价，今年或这段时期流行什么，就一窝蜂地把资金投入。这种人有投资观念，往往具有投机心理，希望"一夕致富"，若时机好也许能大赚一笔，但时机坏时亦不乏血本无归的例子。

因此，聪明的投资人要正确评价自己的性格特征和风险偏好，在此基础上决定自己的投资取向及理财方式，把目光放长远一点，做好长期理财的规划，选择一些投资稳健的产品，然后根据年龄、收入状况和预期、风险承受能力合理分流存款，使之以不同形式组成投资组合，才是理财的最佳方式。

四是犹豫不决，总怕拿不准吃亏，结果往往赚不到钱的过分保守的方式

贾先生是一位精打细算，会过日子的典型上海人。他对钱十分谨慎，如果是把钱用在投资上，他会左打听右打听，咨询这个，问问那个，即使市场行情特别好，他也不会轻易把钱投进入。长期以来固有的保守个性决定了贾先生对待钱的态度就是：放哪里都不如放银行保险。所以，他到现在快50岁了，还是过着普普通通、平平凡凡的日子。

毫无疑问，在诸多投资理财方式中，储蓄是风险最小、收益最稳定的一种。但是，央行连续降息，已使目前的利率达到了历史最低水平。在这种情况下，依靠存款实现资产增值几乎没有可能。一旦遇到通货膨胀，存在银行的资产还会在无形中"缩水"。存在银行里的钱永远只是存折上一个空洞的数字，它不具备股票的投资功能或者保险的保障功能。

因此，投资者应转变只求稳定不看收益的传统理财观念。理财并不等于投资。理财的核心是合理分配资产和收入，不仅要考虑财富的积累，更要考虑财富的保障。理财投资者应寻求既稳妥、收益又高的多样化投资渠道，以最大限度地增加家庭的理财收益。

五是自己不懂，跟着人家跑，往往是达不到好的效果的盲目跟风方式

前两年，基金市场行情特别火热。市场上每发行一只新基金，几乎很快被抢购一空。尽管理财专家不断提醒新"基民"谨慎入市，但不少投资新手甚至连基金的基本概念及如何操作都不懂就疯狂入市。这是万万不可取的。

理智的投资者在购买任何产品前都要一定要先了解产品的基本情况，学习相关知识，做足自己的基本功，不要被现在的表象迷惑了自己，否则最终吃亏的还是你自己。

理财小贴士：理财不是投机

有许多国内投资者往往注重短线投机，不注重长期趋势，比较乐于短线频繁操作，以此获取投机差价。他们往往会每天花费大量的时间去研究短期价格走势，在市场低迷时，由于过多地在意短期收益，常常错失良机。而事实上市场短线趋势较难把握，你真正需要的是一个长期策略，不妨运用巴菲特的投资理念，把握住市场大趋势，顺势而为，将一部分资金进行中长期投资，树立起"理财不是投机"的理念，关注长远，才是正确的抉择。

明确调整行情中的理财误区

前两年，股市的财富效应极大调动了中国老百姓炒股的热情，掀起了全民炒股的热潮。可以这样说，从2007年开始，大多数中国人才真正懂得了钱生钱除了存银行外还有股票、基金、权证、期货这样的投资工具。

然而，股市毕竟风险很大，股市的大起大落也给了投资者不少教训。在经历前一阶段的大涨之后，股市从6100点调头直下，这让很多在高位介入的中小投资者损失惨重，很多投资者都发现行情变得扑朔迷离。很多人不知道在调整行情中该如何理财，由此也产生了一些错误的理财观念。其中，有四大理财误区尤其值得注意。

第一大误区，行情低迷规避股票型基金

不可否认的是，投资者是恐慌熊市的。每当市场发生变化，理财思路也要做相应的调整。当然，每个人要根据自身情况进行基金投资组合。希望承担风险小的投资者应选择以货币市场基金、债券型基金和保本分红型基金为主，尽可能少投资股票型基金。因为股票型基金是以股票为主要投资标的。一般说来，股票型基金的获利性是最高的，但相对来说投资的风险也较大，较适合积极型的投资人。

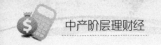

而行情低迷的形势下，股票型基金却跟市场的动态有着密切的关系。处在调整状态下的市场多含有不稳定因素，因此投资者可选取基金定投的投资方式，既可以平均成本、分散风险，也可以积少成多，变小钱为大钱。

第二大误区，投资黄金博取稳定收益

随着美元的走软、油价的上扬，黄金价格一路走高，从2006年至今，黄金一直是理财中的重要投资品种，它是战胜通货膨胀的最好工具。行情调整中转变理财投资，出发点是正确的，但投资黄金也不是一本万利，它本身也包含了很多技巧。

投资黄金有一个关键问题要了解清楚，那就是看影响黄金价格的因素有哪些。一般来说，影响黄金价格主要有供求关系、官方储备量、美元汇率以及战争和动乱这四个方面的因素。炒金者必须关注国际与国内金融市场两方面对金价的影响，尤其是美元的汇率变动以及开放中的国内黄金市场对炒金政策的变革性规定。

投资者如果因为行情不好，就转战金市博取稳定的收益，需要三思而后行。因为金市不同于其他理财产品，它有自身的优点和缺点。不同的市场，也有着不同的风险，有着不同的运行规律，投资者不能照搬方法乱操作。

第三大误区，熊市到来远离股市

经过了2008年寒冬，现如今股市仍然处在无可置疑的熊市中。如果现在有100万元，应该如何投资股市？超过90％的人都会说：持有现金，等待机会。事实上，熊市并非只剩等待一途，如果坚持某些原则、调整部分策略，熊市也有金矿可挖。因此，并非市场缺少机会，只不过缺少发现机会的眼睛。

然而，熊市行情下相信很少人会投来目光，但巴菲特是其中为数不多的爱好熊市的投资者之一。巴菲特有一句名言：当别人贪婪时，我保持谨慎；当别人谨慎时，我则很贪婪。这句话可以这么理解，"在牛市时，我保持谨慎；在熊市时，我则很贪婪"。现在，熊市已经到来，按照巴菲特的原则，目前正是"贪婪"的时候。

因此，理财专家建议：既使是在熊市，在自身风险承受范围之内，可适当投资股市，如果投资方法恰当，也会有较好的投资收益。现在的股市虽然风险很大，但风险与收益成正比，高风险也能带来高收益。

第四大误区，银行的新理财产品没有风险

如果你是这么想的话，那就大错特错。投资者必须时刻记住：所谓投资，肯定都有风险，银行理财产品也不例外。理财是一个人一生的规划，无论是牛市还是熊市，都需要根据自身情况选择合适产品科学理财。

投资者在购买银行的理财产品，也一定要有风险意识，这种风险往往是隐性风险，与货币贬值一样，如果不提前做准备，等你发现风险时，你已经是受害者了。很简单的应对办法，就是不要将全部资产都投资于银行理财产品，"鸡蛋不能都放到一个篮子里"。一般情况下，三成存款，五成银行理财产品，二成基金，这样的组合投资理财，比单一地偏重某一项，效果要好很多。

 理财小贴士：黄金投资是一门学问

很多人原来是炒股票的，听说做黄金好，就加入了炒金的队伍中。其实，炒金也并不是那么容易，里面的学问也很大。从一定角度来说，黄金投资如同走钢丝，也是一种风险较大的行为，稍不留意就会血本无归。从事黄金投资需要一定的胆量，还需要掌握一些技巧，没有市场经验的人需要认真学习基础知识，研究市场规律，也可找经验丰富的人做自己的良师益友，可以让你少走不少弯路。总之，黄金投资是一门学问，市场是磨炼心智的地方，天上掉馅饼、一夜暴富的历史已经一去不复返了，通往投资成功的路只能用我们自己的心血去铺就。

第 **7** 章
理财其实不仅仅是理钱财

　　世界上每个人都希望自己很富有，没有人希望在富有的同时失去健康，失去朋友。因此，理财不仅仅是理钱财，人生的目的不是金钱，我们不是一个单一的个体生活在这个世界，我们有朋友，有健康，有一个独一无二的你。要知道世界上最大的富有就是拥有健康、知识和才能的你。宝藏其实就握在你手中！

 要理好财就要先做好人

　　从前，有两个饥饿的人得到了一位长者的恩赐：一根鱼竿和一篓鲜活硕大的鱼。其中，一个人要了一篓鱼，另一个人要了一根鱼竿，于是他们分道扬镳了。得到鱼的人原地就用干柴搭起篝火煮起了鱼，他狼吞虎咽，还没有品出鲜鱼的肉香，转瞬间，连鱼带汤就被他吃了个精光，不久，他便饿死在空空的鱼篓旁。另一个人则提着鱼竿继续忍饥挨饿，一步步艰难地向海边走去，可当他已经看到不远处那片蔚蓝色的海洋时，他浑身的最后一点力气也使完了，他也只能眼巴巴地带着无尽的遗憾撒手人间。

　　又有两个饥饿的人，他们同样得到了长者恩赐的一根鱼竿和一篓鱼，只是他们并没有各奔东西，而是商定共同去找寻大海。他俩每次只煮一条鱼，经过遥远的跋涉，来到了海边，从此，两人开始了捕鱼为生的日子。几年后，他们盖起了房子，有了各自的家庭、子女，有了自己建造的渔船，过上了幸福安康的生活。

　　这个故事给我们的启示是：一个人只顾眼前的利益，得到的终将是短暂的欢愉；一个人目标高远，但也要面对现实的生活。只有把理想和现实有机结合起来，才有可能成为一个成功之人。

这就好比理财，如果目光只放在眼前，会错失更多赚钱的机会。只有把目光放长远，不为眼前的涨跌所动摇，审时度势，寻找合适自己的理财方式，才能做到真正的理财。

而事实上，许多人把"理财"简单地认为是"钱生钱"，其实只是狭义地把理财等同于"投资"。理财不仅仅包括赚钱，也包括存钱、用钱、护钱等等多个方面，甚至可以说"投资"只是其中很小的一部分。曾经有一个大学里经济学老师这样回答那些面对当时股市大幅震荡而跃跃欲试求他教几招"理财秘笈"的学生们："你们只想到要赚钱，却没有想到要真正做一个'理财高手'，要先学会做人！难道你们没有注意到那上下起伏的 K 线图，多像一段段波澜壮阔的音符吗？"

的确，要想理好财，就要先做好人。从某种意义上来说，做人和理财都是相通的。

做人，要有目标有计划，要懂得正确分析自己规划未来。理财同样，赚钱消费不可没有计划，随心所欲，胸有成竹，才不会成为月光族，不会等白了少年头时两手空空。

做人，要拿得起放得下，不缩手缩脚，不患得患失。理财也是：该花的钱要花，理财关键是在如何使用分配金钱，赚取财富，使自己过得更快乐，而不是过分吝啬以致抠门，这样反倒苦了自己。

做人，要懂得适可而止，不急功近利，关键时刻该出手时才出手。理财同样，不随意攀比，遏制盲目消费，量入为出，不花冤枉钱，也不错过绝好的投资机会。

做人，要明白一个好汉三个帮，多个朋友多条路，但是选对朋友很重要，一旦选定要精心呵护，坦诚相待。正如理财：不把所有的鸡蛋放在同一个篮子，基金、股票、国债、证券、黄金都是可以陪伴终生的"朋友"，眼光要准，也要耐心。

做人，要胸怀坦荡，不拘小节者方成大器，内藏锦绣者眼光开阔。理财要正大光明，不用小心眼算计别人，不为蝇头小利伤大家和气，要知道，无形的财富更重要。

做人，要懂得利用身边的资源为自己打拼更广阔的空间，单凭个人毕竟势单力薄，成就大事当然要学会利用各种"关系"，借力打力。理财也是，要抓住所有机会，关注生活中的细枝末节，不断发掘出能带来额外收入或收获的潜在力量，让小钱变成大钱，小利滚成大利，富裕的还是你自己。

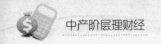

做人，要学会选择，学会放弃，不让自己钻牛角尖，要明白放手的已经过去，而把握的永远是现在和未来。理财也要心态平和，要明白就像做生意一样，有赔也有赚，不用昨天的投资失败惩罚今天打拼的信心。要知道，理财是一辈子的事情，何必因为眼前的一点失利而伤心呢！

……

总之，理财和做人一样，要有好的心态，淡泊明志，宁静致远，如果斤斤计较自己付出多少就要立刻得到多少，那就活得太累了。如果你多学多问，稳扎稳打，给予的必将回赠予你。就像耶稣在路加福音里说过话："你们要给人，就必有给你们的，并且用十足的升斗，连摇带按，上尖下流地倒在你们怀里；因为你们用什么量器量给人，也必用什么量器量给你们。"

 理财小贴士：富豪的人格特质

有钱真好，但不是每个人拼死拼活地赚，就一定可以成为富豪的。想成为有钱人，一定要具备某种人格特质，缺乏这种条件的人是发不了财的。一般来说，富豪们都有以下特质。

一、怀有强烈的赚钱欲望。想成为富豪，一定要有非常强烈的赚钱欲望，他们为了实现人生的梦想充满斗志，这斗志就是鼓励他们赚钱的最大动力。

二、广结善缘，建立人脉。想要赚钱的人充满活力、热心、勇敢、谦虚，并且广结善缘，利用人脉赚钱。

三、不满现状，勇于突破。如果你已习惯朝九晚五的上班族生活，你一定成为不了富豪。一个积极想要赚钱的人，绝不满足于温饱，他一定想让生活多姿多彩，天天充满赚钱的活力。

 朋友是最宝贵的财富

阅读下面的文字前，先来做一个游戏。

请你拿出一页纸，然后在纸上写下和你相处时间最多的 6 个朋友，也可以说是与你关系最亲密的 6 个朋友，记下他们每个人的月收入。然后，算出这 6 个人月收入的总和，最后算出他们月收入的平均数。这个平均值便能反映出你个人月收入的多少。

　　你知道这个游戏的意义是什么吗？那就是交际的力量，即结交朋友的重要性。中国有句老话，"近朱者赤，近墨者黑。"美国也有句谚语，"和傻瓜生活，整天吃吃喝喝；和智者生活，时时勤于思考。"这两句话所讲的道理是一样的，都是告诉我们择友的重要性。朋友的影响力非常大，可以潜移默化地影响一个人的一生。

　　在这里并不想告诉大家如何去选择朋友，而是想强调如果想在人生和事业上取得成功，必须小心谨慎地结交朋友，一个人的财富在很大程度上由与他关系最亲密的朋友决定。因而，朋友是你最宝贵的财富。

　　有一个富翁临终前将十个儿子叫到身边，告诉儿子们自己有 1000 万的遗产，决定给每个儿子分 100 万，但有一个儿子必须独自承担他的 10 万元丧葬费，并且要给福利机构无偿捐赠 40 万元，作为补偿的条件是自己会介绍十个最好的朋友给这个儿子。最后小儿子全部接受了父亲的条件。其余的九个儿子拿了父亲的财产后，不几年就挥霍一空，入不敷出，无米下炊了。小儿子所剩的钱也不多，当他茫然无助之时想到了父亲推荐的那十个朋友，于是小儿子将十个朋友请来一起相聚，并用剩余的钱吃了一顿饭，父亲的朋友们说："你是唯一一个想到我们的人，谢谢你对我们的深厚情谊，我们要帮你一把！"

　　于是每个人都拿出一头怀有小犊的母牛和 1000 美元送给小儿子，而且在生意上给了他许多指点。就这样，小儿子开始步入商界，许多年后他成为了比父亲还富有的人。但小儿子一直没忘记父亲的那十个朋友，一直与他们保持着密切的联系，有什么事总是请教他们。

　　我们要生存就离不开金钱，金钱是必需的，但金钱只能给人带来一时的享受与满足，却不能让人拥有一生一世。而朋友的友情却能给我们带来温馨与快乐，朋友的关注能给我们送上鼓励与扶持，朋友的情意能让我们受益一生！这个故事用事实再一次向我们证明了：财富不是永久的朋友，朋友却是永久的财富！

　　然而，人生在世，有诸多财富：金钱是财富，知识是财富，健康是财富，朋友也是财富。那么朋友何以能够成为财富呢？

　　但凡在事业上有所作为的人，都有这样的切身体会：认识一位有智慧的朋友，远比结交一个有钱人更能获益。朋友的一个点子，说不定能启发你；朋友的一句提醒，很可能让你免受损失。这不正是财富的体现吗？

　　朋友是财富，朋友越多，你就越富有！朋友在你需要帮助的时候会挺身而

出，朋友让你远离孤单，忘却孤独，不再忧郁。广交朋友才能借助众人之力，才有可能创造辉煌的人生。一个人，即使是天才，也不可能样样精通。所以，你要完成自己的事业，就必须善于利用朋友的智力、能力和才干。

有一句话说得好：如果你想展翅高飞，那么请你多和雄鹰为伍，并成为其中的一员；如果你和小鸡成天混在一起，那么你就不大可能高飞。

同样，如果你最亲密的朋友是公司的高级主管，那么你们在一起时所谈论的主要内容一定是关于如何管理和经营的；如果你最亲密的朋友是公司的职员，那么你们在一起时谈论的主要话题一定是关于如何工作的；如果你最亲密的朋友是房地产商，那么你们谈论的话题一定会是关于房地产的……

如果你希望自己的精神富有的话，就请多交朋友吧！如果你希望自己的物质变得富有的话，还请多交朋友吧！

 理财小贴士：朋友是你一生的财富

有位哲人说："命运是友谊决定的。"这话一点也不假。据调查表明，所有的成功者，他们的成功至少有 40% 必须归功于他们在广交朋友方面的非凡能力。可以说，朋友是一生的财富。

仔细想想，当我们初入社会，事业尚未发展时，是朋友给予了你最大的帮助，他们给你带来了有益的建议、指导和无数的良机；当你处于事业的低谷，情绪低落时，是朋友给了你温暖、鼓励和支持，使你重新振作起来，继续奋斗；甚至当你遇到重大变故或事业处于万分危急的时刻，在你的生命中最需要人提携的时候，是朋友给予你一臂之力，让你挽回了颓废。真的，除了自己的力量外再也没有别的力量能够像真心朋友那样，帮助你获得成功了。

请记住这句至理名言：金钱是财富，比金钱更珍贵的财富是朋友！朋友是比金钱更恒久的财富！

 身体是理财的本钱

有位名人曾经说过："健康是人生第一财富"。身体健康是人的无形资产，也是人的财富的一部分。当人的身体出现了问题需要治疗的时候，你就不得不把你的有形资产转变为货币资金去付治疗的费用。

当今医疗费用居高不下，小到头痛、感冒需要几十上百元的药费，大到生病住院则等待你的是几千元甚至几万元的治疗费，使自己辛辛苦苦挣来的钱贡献给了医院，而且自己还要忍受痛苦。

因此，为了避免给医院"打工"，我们非常需要合理安排保持健康的开支。每年最重要的健康方面的开支就是每年定期体检的费用，大约是每年 200 元左右，这样做可以有效地监控自己的身体状况，如身体发现异常可以早发现、早治疗。

在我国，很少人注重平时在身体健康上投点资金，而是习惯于在病后没办法才想到治疗。不管从身体本身讲还是从经济的角度去分析，都是非常伤身劳财的。"疾病就是化钱炉"，再说了，身体产生了疾病再治疗多多少少对身体有影响的，就像是一个企业乱了才开始定制度一样，隐患多多，还要受疾病的折磨！

经济学家曾特别研究过健康经济学。从他们的角度来分析，劳动者的人力资本存量主要由健康、知识、技能和工作经验等要素构成。虽然这些要素的增进都会提高个人的生产率，即改善个人获得货币收入和生产非货币产品的能力，但唯有其中的健康存量，决定着个人能够花费在所有市场活动和非市场活动上的全部时间。因为有病就影响生产，经济学家出于计算的方便，往往用无病天数来表示健康，或者用有病时间内发生的直接和间接费用来估算疾病损失。

也就是说，如果我们总想着年轻的时候过得苦一点没关系，这样退休的时候才可以悠哉悠哉享受生活，这样的如意算盘恐怕很难实现。因为庞大的事业往往以健康的消耗为代价，还没等到享受的时候，健康存量就用完了。

因而，当理财与健康逐渐成为老百姓共同关心的话题时，是理财优先还是健康先行？如果你的身体也遭遇了股市一样的低潮，等真正的牛市来临时，你还有精力和活力再次搏杀股海吗？

据了解，国外的理财顾问不是只充当"掌柜"，他们在投资人心目中还扮演着心理咨询师的角色，除了规划客户的钱袋子，他们还会考虑客户的身体状况和心理承受能力。理财的目的是为了创造财富，而拥有健康才是努力创造、积累财富的保证，享受财富生活的资本。

所以说，作为一个精明的投资者，最重要、也是最基本的投资，当然是自己的健康。俗话说得好，留得青山在，不怕没柴烧。同样在理财行为准则上也讲究，养个好身体，不怕没钱赚。

健康是1，事业、财富、婚姻、名利等等都是后面的0，由1和0可以组成10、100等N种不同大小的值，成就人生的灿烂篇章，但是失去1，则一切皆无。

对于那些健康和事业常常不能兼顾的青年和中年人来说，每天留一分力气给身体，不要把自己当成不休息的机器，休息多了，睡够了，把身体的主控权和能量还给身体，让身体把该做的事做好，也许就是相对的健康习惯了。

投资者应对投资有明确的目标，不论赚钱还是赔钱，都应该保持稳定的心态，要注重对身体的保养和条理，这样才能够真正感受到投资带来的收益和快乐。

在投资前，投资者要建立稳定的心理防线，摒弃一夜暴富的念头，投资过程中始终保持平常心态，特别是股票投资一定要控制好自己的情绪，不随股市波动，要从长远出发看待眼前的得失，千万不要出现大喜大悲的情绪落差。

在投资之余，投资者要进行一些必要的健康活动，如参加晨练；学会自我保健按摩；在规定的时间里活动放松头、颈、背、腰以及各部位关节，以便及时缓解身体各部位的疲劳状态。

生活上要合理安排饮食，做到按时按量进餐，不要为了赶时间，经常在外面吃盒饭，应该在餐前餐后都留出相应的空闲时间，以利于食物的消化和吸收。

除此之外，每周还应安排一些体育运动，加强自身的体质。如果没有时间每周进行体育锻炼，可以在每天下班坐车时提早一两站下车走路回家，既可呼吸新鲜的空气，又可达到锻炼的目的。当然如果条件容许，上健身房和购买健身器材也是一种选择。

总之一句话，你没有好的身体，还谈什么挣钱理财呢！先把身体理好了，财才能理顺了！

 理财小贴士：理财投资的两个重要原则

一、投资的100原则：用100减去你的岁数，就是你应该投资在激进投资工具上的比例，年龄大的则应当减少激进性投资，以稳健、保障型投资为主。

二、投资的2/3原则：刚工作的人可以将资产的2/3投资在偏积极的投资工具上，而接近退休者则应将资产的2/3投资在偏保守的投资工具上。

别忘了时间是最应该珍惜的财富

两千年前，有一位哲人立于河边，面对奔流不息的河水，想起逝去的时间与事物，发出了一个千古流传的感叹：逝者如斯夫。

古往今来，有不少人惋惜：时间易逝，于是长叹曰："光阴似箭催人老，日月如梭趱少年"。的确，时间的流速真令人难以估计，无法形容。树枯了，有再青的机会；花谢了，有再开的时候；燕子去了，有再回来的时刻；然而，人的生命要是结束了，用完了自己有限的时间，就再也没有复活、挽救的机会了。正如"花有再开日，人无再少年"，时间就这样一步一步，永不返回。

21 世纪是科技化、信息化时代，时间在这个时代显得尤为重要。在这个时代，知识就是财富，时间就是金钱。时间是上天给你的资本，同时命运之神也是公平的，她给每个人的时间都是公平的，她给每个人的时间都不多不少，但成功女神却是挑剔的，她只让那些能把 24 小时变成 48 小时的人接近她。

然而，时间是世界上唯一不可能增加的东西。即使你能挣很多钱，但享受生活的时间是不会重来的，即使错过一件看上去重要的事情，也别忘了什么才是最重要的，也别忘记了时间是最应该珍惜的财富。

说到理财，时间却有巨大的魔力。有不少人总以为理财充满神秘的色彩，甚至希望通过独立理财顾问的一个理财方案甚至一句话就迅速改变他的财务状况。其实，这些都是对理财的偏见。如果说理财真的有什么秘诀的话，那就是时间。

有两本书，一本叫做《十年二十倍》，一本是《十年一个亿》。前者是山东神光总裁孙成钢先生所著，后者是复旦大学谢百三教授所书。这两本书都给出了一个具体的、极为诱人的投资理财目标，但他们实施的关键点之一都是需要一个相对漫长的时间。其中《十年二十倍》谈及的致富之道是，每年保持30％的投资收益率，只要坚持 10 年，即可实现增长 19.36 倍的投资收益。姑且不谈这 30％的年收益率如何实现，但这其中的奥秘实际就是利用复利增长的威力：时间越长，乘数效应越大，复利增长的威力就越大。一切理财方案的立足点可以说都是基于此。因此，投资理财之道的秘诀实则贵在坚持。

知道了时间的魔力后，理财就能开始了。当然，前提还是必须先存下一笔钱作为投资的本钱，而后才能谈加速资产累积。

不过并不是所有人都能认识到理财与时间的重要关系，一些人总找这样那样的理由远离理财。这部分人在"怠慢"理财时，常挂在嘴边的一句话就是

"忙！没时间！"其实不用点破，大家心里明白所谓"没时间"并非全都属实，往往只是借口。因为，由于工作忙而没时间打理资产者只占一小部分，但如果才智相仿，工作时数也比他人多，却在绩效方面不如别人，那就很说明问题了，应该好好检讨自己。毕竟老天公平地给予每个人同样的时间资源，关键就看能否加以巧用。在相同的"时间资本"下，有人任凭分秒流逝，毫不珍惜；有人却懂得"搭金融现代化快车"，通过利用自动化及各种服务业代劳，用钱买时间，只因钱财失去尚可复得，时间却纵有千金也难唤回。

可见，有人只知道辛辛苦苦赚钱，一旦钱到手就不再珍惜。也有人因为懒得花几天、甚至几个小时关心一下已拥有的财富，从而让赚来的金钱从身边悄悄溜走，这些都同样可惜。其实，忙或懒都没有错，错在没有好好管理自己的时间。因此，要"赚"得时间的第一步，就是全面评估时间的使用状况，找出浪费的零碎时间。接着，就有计划地整合运用，不妨先列出一张时间"收支表"，把每天的工作记录下来，找出效率不高的原因并加以改善。把时间管理好后，可以每天抽出一点点时间来打理你的财富，不久后你会发现你的财富在时间不断的推移中逐渐增长。

总之，聪明者利用时间，愚蠢者等待时间；有志者赢得时间，无为者放弃时间；勤奋者珍惜时间，懒惰者丧失时间；求知者抓紧时间，糊涂者糟蹋时间。在当今时代，机遇与财富所交融，时间与速度所交融，珍惜每一寸光阴，你就会和富有靠拢。

理财小贴士：每天清早做计划能有效管理你的时间

美国某公司的董事长赖福林每天清晨 6 点之前准时来到办公室，先是默读 15 分钟经营管理哲学的书籍，然后便全神贯注地开始思考本年度内不同阶段中必须完成的重要工作以及所需采取的措施和必要的制度。接着就是重点考虑一周的工作。他把本周内所要做的几件事情一一列在黑板上。大约在 8 点钟左右，他在餐厅与秘书共进咖啡时，就把这些考虑好的事情商量一番，然后做出决定，由秘书具体操办。赖福林的时间管理法，极大地提高了公司的工作效率，引起了美国各公司的高度重视和赞扬。

所以，每天清早，把一天的工作都默想一下，排一下重要次序，能有效地管理你的时间。

口才是生存和发展的战略之一

20 世纪 40 年代，美国人把"口才、金钱、原子弹"视为在世界上生存和发展的三大法宝，60 年代后又把"口才、金钱、电脑"列为最具力量的三大武器。口才一直独占鳌头，其作用和力量可见一斑。

也许你会问：口才真有如此重要吗？

的确，口才在当今社会相当重要的。你有好的口才，就会成为富人。如今"谈话"的时代已经到来，不论是做什么行业，话说得好，可说不费吹灰之力便日进斗金。因此，"好身价"来自好口才，真正的富人一般都有一副好口才！

一项工作需要众多人的合作和众多个信息的综合才能完成。语言是最普遍、最方便也是最直接的沟通方式。表达能力强，信息便能顺利准确地被对方接受和理解，从而达到沟通的目的；反之，沟通中断，工作也很难取得成功。

比如近两年才兴起的婚庆主持人。你可别小看了婚庆主持人这个行当，他不仅要帮助新人完成整个仪式，又要帮助新人适当地化解尴尬场面；不仅要安排好婚庆步骤，还要会变"花样经"，必须会调动场面气氛，要有现场的控制能力；不仅要在适当的时机说适当的话，音乐什么时候响起来，灯光如何应用，也都要能够拿捏得恰到好处，俨然成了婚庆场合不可或缺的人物。

因此，对于婚庆主持人而言，良好的口才和临场反应能力是做好这份工作的必备素质，若自身还有一些文艺特长则更佳。目前上海婚庆市场中主持人的半场费用在 200～800 元左右，全场（主持完点蜡烛仪式）则可以到 500～1600 元。可见，对婚庆主持人来说，口才就是"本钱"，就是日进斗金的最大"宝贝武器"。

世间有一种成就可以使人很快完成伟业，并获得世人的认识，那就是讲话令人喜悦的能力。是人才未必有口才，然而，有口才却必定是人才，而且是优秀的人才和难得的通才。说得更明白点，口才主要不是口上之才，而是一个人整体素质和交流能力的体现。一个真正有口才的人，其整体素质较高，其交流能力较强，当然可以称得上是人才，而且是出类拔萃的人才。正因为口才具有综合能力的特征，所以说：口才是知识的标志，是事业成功的阶梯。说话之术，关系到一生的成败。拙嘴笨舌，词不达意，会使人到处碰壁，寸步难行；巧舌如簧，口吐莲花，会使你柳暗花明，左右逢源。好口才是你纵横驰骋的利器和法宝。对一个人而言，口才就是魅力，口才就是财富，口才就是事业。

对于投资理财来说，口才同样重要。口才是机会。如果善于表达，就会比

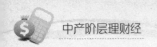

别人多一些成功的机会。无数事实证明，在当今社会，善于表达者才是真正的赢家。

在现实生活中，很多人由于善于言辞，做出了巨大的业绩，获得了不朽的名声，或是获得了令人羡慕的职位。因此，一个人要获得很好的职位和薪水，过快乐的生活，如果仅凭他做事的才能，恐怕还难以达到。他不仅要有做事的才能，还要把自己训练得善于谈吐，让人感到富有兴趣、活泼自然、表情丰富，并且要待人和气。

因此，千万不要害怕开口说话，口才是人类生存和发展的战略之一。口才的力量就如同口才之王卡耐基曾经说的："一个人的成功，约有15％取决于知识和技术，85％取决于沟通——发表自己意见的能力和激发他人热忱的能力。"

 理财小贴士：口才之王卡内基总结的拥有好口才的方法

卡内基总结的六大增强说服力的法宝：一、提出统计数字；二、举出亲身事例；三、利用示范制造效果；四、提出好的比喻；五、引用专家证言；六、秀出展示品。

卡内基将精彩演说的要素归结为三点：一、谈自己熟悉而确信的东西；二、谈的时候一定要投入；三、好的人格，能帮你说话，增加说服力。

总之，不断地积累、不断地在实践中练习，这就是练好口才的秘诀。要想拥有一流的口才，就要下定决心，想尽办法，勤学苦练，确信有志者事竟成的道理。

 ## 最大的财富是你自己

随着金融危机袭来，很多人仿佛成了惊弓之鸟。商场中人怕生意失败，不但现在的风光生活不保，也许还要欠下一屁股债，以后的日子必黯淡无光；职场中人怕一朝丢了饭碗，房贷、车贷、孩子学费、父母养老钱等都成"紧箍咒"；已经失业的，目光迷茫不知下一个饭碗在哪里；即将毕业的，面对人山人海的招聘会，僧多粥少的职位，也只得倒抽一口凉气，惶惶然不知明天的早餐在哪里。如果你在街头停留一小会儿，观察一下来去匆匆的过往行人的表情，就会发现太多人的脸上写着焦灼和忧虑。

不过，焦灼和忧虑都是正常的现象。生活在市场经济时代，我们每个人都有一张"资产负债表"，经常要仔细掂量房产、股票、现金和房贷、车贷、信用卡负债之间孰多孰少，工资增长和CPI涨幅哪个更快。在金融危机的飓风之下，我们更要小心翼翼维持这张资产负债表，因为一旦失衡，未来就要付出更多艰辛。

好在开启幸运之门的钥匙就在你自己手里。不管所处的世界处于何种危机下，你本身是不可能变成危机的，除非你放弃自己。你可以用自己的双手在危机中寻找希望，寻找生机。套用国外一个成功学家的说法，不管你是千万富翁还是一文不名，你都拥有另外一张隐形的"资产负债表"，学习能力、创造能力、与人相处的能力、应对挫折的能力统统是你的资产，而狭隘的观念、封闭的头脑、不擅承担责任的性格全是你的负债，在这张隐形的资产负债表上，你的表现越优异，就越不用担心那张"显形资产负债表"的走向。

我们每个人都拥有世界上最大的财富，那就是你自己。你的大脑是全宇宙中最复杂的结构，它有十三亿个神经细胞，它帮助你整理每一个嗅觉，每一个感觉，每一种声音，你的脑细胞中，有超过一千亿亿个蛋白分子，没有任何一个系统能比你自己的系统更加完善，没有任何古老的奇迹能比你更伟大。你的耳中有二万四千条纤维，所以你能听到树梢的风声、激石波涛声和你自己的笑声。你的皮肤是干净而奇妙的创作，它只需要香皂和沐浴露的清洗与保养。所有的钢铁都会因时间而生锈，失去光泽，而你的皮肤却不会，它经常自行更新，旧细胞为新细胞所取代，你总是崭新的。

你贫穷吗？不！你是富有的，只是没有人告诉你！在人类产生至今，没有一个人是相同的，你就一个，稀有之中之稀有者，无价之宝，拥有灵性的品质。你的语言、动作、外表与行为，过去没有，现在将来也不会有其他人与你相同。

在经济形势不太好的今天，完全没有必要焦灼和忧虑。学会理财，就会让你的生活变得丰富起来。如果你原本的口袋里钱不太多的话，就赶紧尽量节省每一笔开支，开源节流吧！至少要有钱可理的前提下，才能理财。

不过，这个时候最聪明的做法就是投资自己，沉淀自己，提升自己的学识，多培养与训练自己的做事能力，在公司当中建立不可取代的地位，超过同辈，那么你的投资回报率还是相当高的。例如，你现在的年薪只有5万元，但是职位经过不断跃升拔擢，不需几年薪资就有可能上调到十多万元，光是薪资上涨幅度就相当可观，比起操作投资工具的回报率还要来得更稳当。正所谓技不压身，因此，投资自己才是最稳当的赚钱方法。

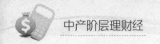
所以，不要感叹，也不要伤悲，更不要怨天尤人。你，能行动，能跑，能工作，你身上有五百条肌肉，两百根骨头与众多的神经纤维，供你执行命令，你不为你自己自豪吗？要知道世界上最大的富有就是拥有健康、知识和才能的你。宝藏其实就握在你手中！

 理财小贴士：理财必须先有钱的诀窍

钱是永远不知道疲倦的，关键在于你是否能够驾驭它。那么，怎么才能先有钱呢？

专家给出了一个不得不让信服的事实：假如你对于增加收入束手无策，假如你明知道收入有限却任由支出增加，假如你不从收入与支出之间挤出储蓄，并且持续拉大收入与支出的距离，你成为富翁的机会将微乎其微。

所以，如果你想理财，而又没有那么多的钱，就必须首先增加钱累计的速度，找到一项不错的投资，能两倍于市场均值。

赚钱之道，上算是钱生钱，中算是靠知识赚钱，下算是靠体力赚钱。

人生的目的不是金钱

喜欢围棋的人都知道一句话：下棋莫贪，贪的人往往都会以输棋而告终。其实，对待钱的态度也应如此。金钱只是一种工具，而不是人生的目的。

当今这个社会大家都很浮躁，特别是年轻一代。大家生活在一个纯粹金钱统治的物质世界中，一切以金钱为唯一的衡量标准。我们每天的生活都围绕着钱这个中心，每天的工作和生活都离不开钱。是的，吃饭要钱、买衣服鞋子、出去娱乐要钱、买车要钱、买房子要钱……钱在这个社会的作用已经越来越扩大化。一个人活着，没有钱是万万不能的。

那么，我们这么忙碌是为了什么呢？人生的目的到底是什么呢？

其实，金钱的本质只是一种有形的货币。金钱本身是不能吃，也不能穿的。如果我们觉得金钱就是人生的唯一目标，那就错了。就像童话故事里虚荣的国王一样，学会了"点金术"，就想把世界上的事物都变成黄金，甚至连面包也不放过。结果呢，他的目标实现了，他能看到的一切事物都成了黄金，可是他却因为没有食物而饿死了。

世界上很多东西都很奇怪，有时候你越想拥有却拥有不了，就会朝思暮想，而一旦你真正拥有了，你就会觉得不那么重要了。但是，有一点你必须要注意，世界上的钱是赚不完的，即使你赚再多的钱也只是改善自己的生活品质，那么多少钱对你来说是满足呢？你忘记了你心中的梦想吗？忘记了人生还是很多值得留意和分享的开心事情吗？……当然，金钱是个好东西，你可以拿它去换取权利、地位、荣誉，甚至一切你想要的东西。但是，金钱绝对不是人生的终极目标。

世界上很多富翁们都禀持这样一种观点：金钱只是一种工具，但不是人生的目的，绝不要做金钱的奴隶。被誉为日本经营之神的松下幸之助的经营业绩，举世瞩目。他对金钱的态度是："为了达到目的地而工作，为了使达到目的的工作更有效率，就必须要有润滑油。所以说，金钱是一种工具，最主要的目的还是在于提高人们的生活。"所以，松下对金钱的态度是敛财而不守财。他认为：一个人不能当财产的奴隶。他说："财产这东西是不可靠的！但是，办一项事又必须有钱。在这种意义上说，又必须珍视钱财。但'珍视'与'做奴隶'是两回事，应该正确对待，否则，财产就会成为包袱——看起来你好像是有了钱，实际上它却使你受到牵累。这是人类的一种悲剧。"松下这种思想是很值得人们深思的，他让人们不要做金钱的奴隶，要时时想到更远大的一些的目标。

事实上，没有一个白手起家的成功企业家会把堆积财富当成首要目标。真正令人陶醉的是在商业游戏中取胜的艰巨和刺激的工作，而非金钱本身。比尔·盖茨曾经这样说到赚钱的感觉："即使在今天，让我真正感兴趣的也不是赚钱本身。如果我必须在工作和拥有巨额财富两者之间进行选择，我会选择工作。领导一支由上千个有聪明才智的人组成的队伍比拥有一个巨额的银行账户更令人激动。我很善于让资产增值，但是我从来不看股票的价格，所以我也不知道增加了多少。"

金钱的诱惑常常似乎与手头拥有的数目直接成正比：你拥有越多你想要的也越多。如果一位上班族到年老时，发现自己的财富大多是自己一生吃苦耐劳、省吃俭用赚来省来的，那么几乎可以肯定，他一定不会很有钱。对多数人而言，要改善财务状况的首要任务，不是像葛朗台那样吝啬，而是应加强投资理财的能力。

对于善于理财者而言，一生的财富主要是靠"以钱赚钱"累积起来的，而不是省来的。每1元钱都是一颗生财的种子，只要你把它种下，给它施肥，除草，松土，那它就会发芽抽枝，长成一棵摇钱树。这棵摇钱树能生出足够的

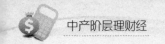
钱，为你今后的生活提供开支，它能自动生财，完全不用你再去操心。大多数人并不珍惜这 1 元钱，他们把它扔到了一边。他们破坏了它的价值，没有把它拿出来充分利用，它也就无法生出 50、500、1000 甚至更多的钱来了。由此可见，理财是多么的重要，很大程度上一个人一生能累积多少钱，不是取决于他赚了多少钱，而是他如何理财。

人，一定要善待自己，善待人生。有钱要过得开心，没有钱更要过得开心，因为金钱并不是我们人生的唯一目的。如果你能在开心的同时，通过理财的方式获得更多财富，那么你的人生才是真正的富有！

 理财小贴士：学会理财可以累积幸福

每个人都要学会理财，因为理财的终极目标不是累积金钱，而是累积幸福。毕竟有品质的生活需要物质为基础，幸福的日子需要对财富的健康规划。

理财是你生活的底线，它能够保证当你遇到突发事件时，有起码的生活保障。理财是一种规划人生、规划家庭、计划现在的思路和观念。

因此，不妨从今天开始学习理财、尝试理财，在收支规划、储蓄、投资和保险等各方面"多管齐下"，积累财富，合理支配财富，让我们的"口袋永远丰盈"，由自己来决定未来的生活面貌，赢得更幸福、更自由的人生！